好讀出版

動物農莊

ANIMAL FARM

GEORGE ORWELL

喬治・歐威爾\著　李宗遠\譯

第一章

人類是唯一消耗資源、卻毫無貢獻的生物，既不產牛奶，也不生雞蛋，力量不足以拉犁，速度連兔子都不如。即便如此，他們仍是全體動物的主宰。

chapter 1

第1章

天就要黑了，梅諾農莊的瓊斯先生把雞舍的門一一鎖好，卻醉醺醺地忘了關上方便雞群進出的小洞。他提著燈，步履蹣跚地穿過農莊，環狀的光影如跳舞般不停擺盪。

走到屋子後門時，他雙腳一踢，順勢甩掉靴子，接著再從貯藏室的桶子幫自己倒了最後一杯啤酒，然後準備上床睡覺；此時，瓊斯太太早已熟睡，還開始打呼了。

待臥室的燈光一熄滅，農莊裡其他棚舍的氣氛隨即變得鼓譟激動。白天時，消息已經傳開，大家稱之爲梅傑老爺的一頭獲獎名豬，前晚做了一個奇怪的夢，想和其他動物分享。大夥皆有共識，一旦確認瓊斯先生入睡，就立刻到大穀倉聚會。

梅傑老爺在農莊裡地位崇高，因此動物們都不惜犧牲一個鐘頭的睡眠只爲聽聽他想說些什麼；對了，儘管大家都尊稱他梅傑老爺，但其實過去參加展覽會時，他曾經以「威靈頓美人」這般女性化的名字大出風頭哩。

大穀倉的最內側，有一整塊以略微架高的地板所形成的低矮平臺，梅傑老爺早就安坐其上；他所在的這個以稻草鋪成的床正中央，有盞燈自上方的橫梁懸掛而下。他今年十二歲了，雖然近來有點發福，外表仍十分英挺，即便依舊保留著一對獠牙，看起來卻像一位仁慈與智慧兼具的長者。

不久之後，動物們開始陸續抵達，並按照自己的喜好與習慣各就各位。最早到的是三隻狗，分別是藍鈴、潔西和賓仔。

隨後是結伴而來的幾隻豬，他們很快就在平臺最前方的稻草堆找好位置，稍事休息。

母雞們選擇站在窗臺邊，鴿子飛到屋頂的椽木上，羊群和牛群則或躺或坐地排在豬的後面，開始天南地北聊了起來。

平常負責拉貨車的兩匹馬，巴瑟、柯洛芙也一起慢慢地走了進來，他倆小心翼翼地移動著步伐，生怕自己巨大又毛茸茸的蹄，一個不小心踩踏在那些被稻草遮住的小動物身上。

柯洛芙是匹中年體胖、很有愛心的母馬，她的體重在生了四胎之後就再也回不去了。巴瑟是隻龐然大物，身高近六英尺，壯碩的體型約莫是一般馬匹的兩倍；鼻梁上的白色條紋使他看起來有些笨拙，事實上，他的腦袋確實不太靈光，儘管如此，農莊裡的動物還是很敬重他，因爲他的個性沉穩，而且工作能力強大。

白山羊妙麗和驢子班傑明則跟在兩匹馬之後到達，班傑明是這裡最年長的動物，也是脾氣最差的。他鮮少與其他動物交談，即便開了金口，大概也只是說些風涼話之類的，像是──「上帝給他尾巴是爲了方便趕蒼蠅，但他寧願不要有蒼蠅，也不要有尾巴。」他也是農莊裡唯一不曾笑過的動物，問他原因，他會告訴你，這個世界上根本沒有什麼值得開心的事。其實，班傑明並非全然孤僻冷漠，他嘴上不說，心裡對巴瑟倒是很服氣。白天時，他倆經常在果園後方的牧場上活動，肩並肩安靜地吃草，即便一句話也沒說。

巴瑟和柯洛芙正準備坐下之際，一群失去了母親的小鴨無精打采地排成一列進入穀倉。他們吱吱喳喳地四處徘徊，想找一個安全的位置待著，以免被其他動物踩扁。柯洛芙趕緊用她巨大的前腳圍成一道牆讓他們躲進來，小鴨們安心地待在這裡，一下子就睡著了。

倒數階段，長得漂亮、卻有些傻氣的白馬茉莉，嚼著方糖，裝模作樣地走了進來。瓊斯先生的雙輪輕便馬車平時便是由她負責拉行。她挑了一個靠近前排的空位，開始風騷地甩動白色鬃毛，希望大家注意到上頭繫著一條編織的紅色緞帶。

最後到場的是貓女士，她先是一如往常地環顧四周，尋覓一個最溫暖的位置，然後硬把自己擠進巴瑟和柯洛芙中間。當梅傑老爺發表演說時，從頭到尾，她只是舒服地發出呼嚕呼嚕的聲音，一個字也沒聽進去。

幾乎所有的動物都來了，只剩烏鴉摩斯還沒到，他平常都睡在後門旁的一棵樹上。

梅傑老爺看見大夥均順利就座、專心等待之後，清了一下嗓子，開始說道：「同志們，想必你們都已經知道關於我昨晚做了一個怪夢這件事。但是我打算等一下再來談它，現在我想先告訴你們另一件事。

「同志們，我能夠和各位在一起的日子大概不多了，臨死之前，我覺得將自己的智慧傳承下去是個責無旁貸的任務。我這輩子活得非常久，在棚廄裡獨處時，有很多時間可以思考。我認爲，我應該有資格說自己了解這片土地上一切生命的本質。而我想告訴你們的，正是這件事。

「所以，各位同志，我們生命的本質究竟是什麼？讓我們面對現實吧——我們的生命悲慘、艱苦，又短暫。打從我們出生開始，僅有勉強足以糊口的食物。有體能進行勞動的同伴會被迫不斷地工作，直到他們氣力用盡爲止；而一旦失去利用價值，唯一的下場就是遭到殘酷驚悚的方式處決。在英格蘭，沒有任何一隻成年的動物知道什麼叫做幸福與安樂。所有的動物，終其一生除了忍受不幸與奴役，別無選擇，這就是事實的眞相。

「可是，這一切純粹是大自然的秩序造成的結果嗎？難道是因爲這片土地過於貧瘠、各種資源不充足，因此無法提供所有居民良好的生活品質嗎？不，同志們，答案絕對是否定的！

「英格蘭的土壤肥沃，氣候合宜，必然有能力生產更豐富的食物，可養活數量遠超於目前的許多動物。光是我們這個農莊的產能就足以供養十二匹馬、二十頭牛、上百隻羊，而且統統可以活得舒適又有尊嚴，這些，是我們從來無法想像的畫面。

「那麼，爲何我們要繼續忍受如此糟糕的情況？因爲，我們辛苦勞動的成果幾乎全都被人類偷走了。同志們，所有問題的解答其實明顯得很，總結來說，就是兩個字——『人類』。人類，是我們唯一眞正的敵人。只要把人類趕出這裡，饑餓與剝削的源頭就會永遠消失。

「人類是唯一消耗資源、卻毫無貢獻的生物，既不產牛奶，也不生雞蛋，力量不足以拉犁，速度連兔子都不如。即便如此，他們仍然是全體動物的主宰。動物必須受人類的支配工作，卻只能獲得吃不飽也餓不死的待遇，大部分的收益皆回歸到人類的手上。我們賣力耕種，用自己的糞便施肥，但是到現在為止，除了這身臭皮囊，我們什麼都沒有。

「眼前的各位牛姐牛妹，妳們去年一共產出了多少加侖的牛奶？這些原本應該用來哺育健康小牛的牛奶究竟去了哪裡？事實上，它們全進了我們敵人的肚子裡。各位雞小姐雞太太，妳們去年一共生下多少顆雞蛋？這當中，有多少顆最終孵化成小雞？其餘的一顆不差地全被拿到市場上販售，賣來的錢則進了老瓊斯和他那些夥計的口袋。

「至於柯洛芙，妳所生的四名子女如今下落如何？他們理應在妳變老的時候成為有力的幫手，並帶給妳親情的喜樂，卻都在他們一歲大的時候被交易了出去，妳和他們從此再也無法相見。經歷四次辛苦的分娩，和這麼大量的勞力付出，妳所得到的回報，不過是配給的糧秣和空虛的馬廄。

「我們不但一生都必須如此悲慘地度日，更糟的是，連自然老死的權利也被剝奪。我算是比較幸運的，所以不該抱怨。我已經十二歲了，擁有超過四百名子女，而這是一頭豬正常該有的壽命與經歷。只可惜，無論如何我們大夥都逃不了一刀斃命的結局。你們這幾位坐在我正前方的年輕壯豬，都將於一年內在那邊的圍欄裡頭，發出墮入死亡的淒厲尖叫。

「這種恐懼，我們大家遲早都必須面對，無論是牛、豬、羊、雞，一個也躲不過；即便是狗或馬，也好不到哪裡去。巴瑟，等到你一身強壯的肌肉不再充滿力量的時候，老瓊斯就會把你賣給屠夫，接著會被大卸八塊，然後煮了餵那些獵狗吃。至於狗，當他們老了，牙齒掉光了，老瓊斯就會在他們的脖子上綁一塊磚頭，再拖到附近的池塘，活活淹死。

「事情的眞相非常簡單，同志們，這一切的困厄，難道不是來自人類的獨裁暴政嗎？唯有擺脫人類，我們才能享受自己辛勞的成果。幾乎在一夕之間，我們就可以變得富有且自主。那麼到底該怎麼做？不必懷疑，爲了推翻人類的統治，我們只有一條路可走，那就是孤注一擲、不眠不休地努力！同志們，這就是我要向各位傳達的理念——造反吧！

「我不知道何時會發生，或許在一個星期之內，也可能是百年以後，但是我很明白，正義必定會到來，就像此刻我看見自己腳下踩著稻草那般篤定。同志們，在你們短暫的餘生之中，都要以此爲目標，不可懈怠！更重要的是，務必將這個訊息傳達給你們的子孫，唯有如此，將來的世世代代才能繼續奮戰，直到取得勝利。

「記住，同志們，你們的決心不可動搖，任何形式的爭辯都無法誤導你們，永遠別相信『人與動物享有同等權益、彼此能夠共存共榮』這種說法，這是天大的謊言。人類的所作所爲，只著眼於他們自身的利益。動物界的各位，讓我們團結一心面對這場戰役，敵人就是全體人類，而所有動物都將成爲我們的盟友。」

就在此刻，發生了一陣巨大的騷動。

梅傑老爺發表演說時，四隻大老鼠不知何時早就從洞裡爬了出來，坐在一旁聆聽著。狗忽然發現了他們，老鼠們立即以迅雷不及掩耳的速度逃回洞裡，幸運地躲過一劫。

梅傑老爺舉起手，要大家安靜下來。他說：「同志們，有一件事我們必須取得共識。像是老鼠或兔子，這些野生動物是敵人或朋友？讓我們用投票的方式來決定吧。我提議把這個問題納入今晚的會議當中，也就是——老鼠是否可以加入我們的陣線？」

投票行動立刻展開，絕大多數的動物同意老鼠成爲盟友。唯獨三隻狗和一隻貓投下反對票；後來發現，無論是贊成或反對，貓都參了一腳。

梅傑老爺繼續說道：「還有一件事。我只想再次強調，永遠記得對人類及其行爲保持敵意，凡是靠兩隻腳走路的就是敵人，使用四條腿或翅膀行動的就是盟友。也別忘了，在這場戰爭中，我們千萬不能變得像人類一樣墮落，即便最終推翻了他們，也不可以仿效他們的陋習。

「任何動物都不該住在屋子裡，或者睡在床上；也不該穿著衣褲，或者抽菸喝酒；更不能接觸金錢，甚至進行交易買賣……人類的作息常規，無一不是邪惡的表現。而最重要的是，任何動物都不能欺壓自己的同伴，無論強或弱、聰明或憨直，我們都應視若手足。誰都沒有權力奪取其他動物的生命，所有成員一律平等。

「同志們，現在我想談一談關於我昨晚做的夢。我無法形容夢裡的情境，那是將來有朝一日，人類消失之後的世界。然而，它使我想起了一件陳年往事。很久以前，當我還是一隻小豬時，我的母親和其他豬媽媽曾經哼唱過一首古老的歌曲，但她們其實只記得旋律，以及歌詞裡的前三個字。打從我很小的時候開始，這旋律便經常在耳邊迴盪，只是經過了這麼多年，它在我心裡早已消失無蹤。

「沒想到，那旋律卻在昨晚的夢中再度響起，更特別的是連歌詞都清楚浮現——沒錯，就是那被遺忘的歌詞，古早時期的動物曾經詠唱、已失傳了好幾個世代的歌詞。同志們，我打算現場唱給各位聽。我太老了，聲音沙啞，不過，你們一旦學會了這首歌的旋律，必定可以唱得比我好聽很多。曲名叫做〈英格蘭的獸族們〉。」

梅傑老爺清了一下嗓子開始哼唱，就像他所說的，聲音聽起來確實有些滄桑，但他唱得很好。那旋律慷慨又激昂，約莫介乎〈克萊曼婷〉與〈蟑螂〉① 兩者之間。歌詞如下——

英格蘭的獸族們，愛爾蘭的獸族們，
全天下的獸族們，
傾聽我訴說美麗願景的好消息。

那一天即將來臨，
殘暴的人類終將覆亡，

英格蘭的沃土上只會留下百獸的足跡。

我們的鼻子不需再繫環，
我們的背上不需再綁鞍，
馬勒和馬刺再也無用武之地，
無情鞭打的爆裂聲永遠消失。

難以想像的豐富生活，
小麥和大麥、牧草和燕麥，
苜蓿、豆子和甜菜，
有朝一日全都屬於我們。

光明將照耀英格蘭的大地，
水會變得更純淨，
風會變得更清新，
就在我們獲得自由的那一天。

努力不懈直到夢想實現，
即便我們無法活到那一天，
牛和馬，鵝與雞，
為了自由，誰也不喊累。

英格蘭的獸族們，愛爾蘭的獸族們，
全天下的獸族們，
傾聽我訴說美麗願景的好消息。

這首歌曲令全體動物感到無比的振奮。梅傑老爺還沒唱完，大夥已紛紛哼了起來。就連資質最駑鈍的動物，都能掌握旋律和幾句歌詞，至於聰明一些的如豬、狗，幾分鐘之內就把整首歌記起來了。接著，經過幾次的練習，農莊儼然成了〈英格蘭的獸族們〉大合唱團——牛哞哞地叫著，狗汪汪地吠著，羊咩咩地叫著，馬嘶嘶地鳴著，鴨子呱呱地叫著。他們唱得如此快樂，一共重複了五次，如果不是突然被打斷，很可能會繼續歡唱一整晚。

只可惜，喧鬧聲吵醒了瓊斯先生。

他急忙跳下床，想確認是否有狐狸闖入農莊，隨即抓起那把總是擺在臥室角落的霰彈槍，朝著漆黑的窗外開了一槍，那顆六號子彈內的鋼珠擊發後，直飛嵌進了穀倉的牆壁，會議因而草草結束。

大夥趕緊返回各自睡覺的地方。鳥類跳上棚架，動物們溜進稻草堆，整座農莊很快便恢復了寂靜。

譯註：

①克萊曼婷（Clementine）：一首著名的美國西部民謠。蟑螂（La Cucaracha）：一首著名的西班牙民謠。

第二章

造反起義居然成功了！動物們第一個反應是集結起來，飛快地奔馳繞行農莊邊界一圈，彷彿想確認是否還有人類躲藏在某些地方。

chapter 2

第2章

三日後，梅傑老爺在睡夢中安詳死去，遺體被葬在果園底下。

此時是三月初，接下來的三個月裡，有許多祕密行動悄悄地展開。

農莊裡頭腦比較靈活的動物受到梅傑老爺演說的啓發，開始以全新的角度審視生命。他們不知道梅傑老爺所預言的造反行動何時來臨，也無法想像自己有生之年將會面臨這一切，然而大夥都明白，最重要的任務就是做好準備。

負責指揮與組織其他動物的工作，自然落到豬的身上，因爲他們普遍被認爲是最聰明的動物。而豬群之中最優秀的，莫過於瓊斯先生特別飼養繁殖、日後可用來賣錢的兩頭年輕公豬——拿破崙和雪球。

拿破崙是個滿臉橫肉的大塊頭，也是農莊裡唯一的盤克夏豬①，平時話不多，但永遠一副我行我素的樣子。雪球則比拿破崙開朗活潑，臨場反應更快，想像力更豐富，不過，個性有點輕浮。

農莊裡的其他公豬則全是普通的肉豬，當中最有特色的是一隻臉頰圓胖、雙眼明亮、動作靈活、聲音刺耳，名爲阿尖的小肥豬。他善於言詞，辯論時遇到難以回答的問題，總習慣左蹦右跳地表達，而那擺動尾巴的小動作無形中也增加了幾分說服力；大家都說，他的拿手絕活就是可以把黑的講成白的。

拿破崙、雪球和阿尖，這三頭豬被稱爲「三豚組」，他們仔細地將梅傑老爺的教誨整理成一套完善的思考邏輯，名之「動物主義」②。每一週有好幾個夜晚，待瓊斯先生就寢後，他們便在大穀倉進行祕密集會，向其他動物解釋這套思考邏輯的原則。

剛開始，周遭淨是許多愚蠢或冷漠的意見——有一部分稱瓊斯爲「大人」的動物覺得替這位農莊主人盡忠職守，乃是自己的本分，抑或提出天眞的看法如「瓊斯先生提供我們一切吃住，如果他不在了，我們大夥全都會活活餓死」；也有一些動物問「爲什麼要在意我們死後才會發生的事情？」以及「如果造反行動終究會展開，我們努不努力又有何差別？」等諸如此類的問題。然而這些思考或認知，與動物主義的精神是完全衝突對立的，要如何讓其他動物們了解這一點，是個極爲困難的挑戰。

在這之中，最愚蠢的，莫過於白馬茉莉向雪球提出的第一個問題：「造反之後，我們還會有糖吃嗎？」

「不，我們不打算繼續在這座農莊製糖。」雪球斬釘截鐵地說，「況且，妳也不需要糖，以後妳會有吃不完的燕麥和牧草。」

「那我還可以在鬃毛上綁緞帶嗎？」茉莉問道。

「這位同志，」雪球說，「妳愛不釋手的那些緞帶全是奴隸的標記。難道妳看不出來，自由比緞帶更珍貴嗎？」

茉莉好像同意了，但又有點半信半疑的樣子。

更麻煩的對手是烏鴉摩斯，他是瓊斯先生的寵物，也負責通風報信，專門搬弄是非且話術高明。他到處散播的謊言，讓三豚組疲於奔命，忙著消毒——摩斯宣稱自己知道世界上有一處名為「糖果山」③的神祕國度，所有的動物死後都會前往那個地方。

據他所言，這個國度位於半空中，在雲層上方不遠處。在糖果山，一週七天全都是星期天，苜蓿一年四季皆盛開，樹籬上長著方糖與亞麻仁餅……摩斯受到其他動物的唾棄，因為他只會造謠生事，從來不曾工作，但還是有部分的動物相信糖果山的存在，拿破崙、雪球和阿尖則必須努力說服大家，這只是一派胡言。

負責拉貨車的兩匹馬，巴瑟和柯洛芙則是三豚組口中「動物主義」最虔誠的信徒。他倆雖然拙於思考，不過在拜豬爲師之後，便十分認眞地吸收三位老師傳授的所有知識，再以淺顯易懂的方式傳達給其他動物。巴瑟和柯洛芙從不缺席任何一場在大穀倉舉行的祕密集會，並總是在集會結束之前，領著大家一起唱〈英格蘭的獸族們〉這首歌。

如今以結果來看，梅傑老爺所鼓吹的造反行動，似乎比所有動物預期得更早來到，也更順利完成。

過去幾年，儘管瓊斯先生對動物們十分嚴苛，但仍不失爲一名優秀的農夫，只可惜近來時運不濟，變得懶散落魄。他因爲打輸一場官司，損失了不少錢而心灰意冷，飲酒過量成了他固定的習慣。

有一段期間，他整天賴在廚房的溫莎椅④上看報紙、喝酒，偶爾餵摩斯吃幾片浸泡在啤酒裡的麵包屑。至於他的夥計則既不勤勞也不老實，農莊裡長滿了野草，棚舍的屋頂破損不見修繕，圍籬被忽略毀棄，動物也無人照顧。

到了六月，牧草可以進行收割了。今年的仲夏節⑤剛好是星期六，這天晚上瓊斯先生去了威靈頓一趟，在紅獅酒吧喝得不省人事，直到隔天，也就是星期天中午才返家。他的夥計一早替乳牛擠了奶之後，並沒有餵食其他動物，便直接出門獵捕兔子。但即便瓊斯先生回到了農莊，也只是走向客廳的沙發倒頭就睡，臉上還蓋著一份《世界日報》，這個情況持續到了傍晚，動物們早已饑腸轆轆。

大夥終於再也忍受不住。一頭母牛用她的角撞開了貯藏棚的門，接著所有動物紛紛開始翻箱倒櫃找食物吃。

瓊斯先生約莫在此時醒來，立刻和他的四名夥計趕到貯藏棚，每個人手上都拿著鞭子，朝著四面八方揮舞。這一刻，餓壞了的動物們爆發了，雖然從未計畫並演練過這樣的行動，卻默契十足，群起反擊暴虐的人類。瓊斯一夥人這才驚覺周圍的動物正連踢帶撞地逼向他們，場面可說徹底失控。

他們從未見過任何動物表現出如此劇烈的行爲，這群總是遭到隨意鞭打虐待的畜牲突然間展開逆襲，嚇破了瓊斯一夥人的膽。轉瞬間，他們放棄抵抗，往外奔逃出去。動物們順勢在後追趕，才一眨眼工夫，五人已經沿著農莊小徑狂奔至外面的大馬路上。

瓊斯太太從臥室窗戶看到事發經過，慌慌張張收拾了幾件東西，塞進一只旅行用的大毛毯包，從農莊的另一側溜之大吉。原本待在樹上的烏鴉摩斯見狀也急忙起飛，揮動翅膀一路尾隨著她，還不斷發出嘈雜的嘶啞聲。

同一時間，動物們驅離了瓊斯和他的夥計之後，立刻用力關上以五根橫木打造的農莊大門。就這樣，大夥還沒來得及想清楚究竟發生了什麼事，造反起義的行動已然成功——瓊斯被放逐，動物成爲梅諾農莊的主宰。

最初的幾分鐘，動物們仍不敢相信自己竟然如此幸運。因此他們的第一個反應是集結起來，飛快地奔馳繞行農莊邊界一圈，彷彿想確認是否還有人類躲藏在某些地方。

接著，又火速趕回農莊的棚舍，徹底清除瓊斯苛政時期令動物們充滿怨恨的事物，不欲留下任何一點痕跡——位於馬廄底端、原本放置馬具的房間被破壞闖入；馬勒、鼻環、狗鍊，以及瓊斯曾拿來宰殺豬羊的屠刀，全都被丟棄至井裡；韁繩、籠頭、眼罩，還有屈辱的馬糧袋，統統消失在庭院裡燃燒垃圾的火堆中；鞭子，就更不必說了，所有的動物無不高興地看著鞭子被熊熊火光吞噬，激動得雀躍不已；而每逢集市日，綁在馬匹鬃毛和尾巴上以爲裝飾的緞帶，也一併被雪球投入了火中。

雪球說：「即便是緞帶，也必須視爲服裝的一種形式，這等同於人類的象徵。只要是動物，就該赤身裸體。」

巴瑟聽到這句話，立刻取出他夏天戴著、避免蒼蠅騷擾耳朵的小草帽，毫不猶豫地拋進了烈焰之中。

稍晚，動物們已然全數銷毀了和瓊斯先生有關的物品。隨後，拿破崙帶領大夥回到貯藏棚，爲每隻動物盛裝了雙倍分量的穀子，狗則換成兩塊麵包。他們大家一起從頭到尾高唱了七遍〈英格蘭的獸族們〉之後，這才滿足地平靜下來，無比放心地進入夢鄉。

翌日，他們照樣在黎明時分醒來，猛然想起昨天的光榮事蹟，全都往外衝到牧場中央。牧場旁邊的不遠處有座小圓丘，上方的視野可以涵蓋整座農莊，全體動物不約而同地趕了過去，在澄澈的晨曦中朝四方凝望。

沒錯，他們目光所及的一切事物皆屬於他們！沉浸在如此喜悅的感受之中，大夥不停地又蹦又跳，由於實在太興奮了，騰空躍起的樣子簡直像要飛上了天。他們在露水上打滾，滿嘴都是夏天甜美的青草，還用腳撥開黑色的泥土，嗅聞大地濃郁的氣息。

接下來，動物們來了趟農莊巡禮，在無言的讚嘆中視察了耕地、草場、果園、池塘，以及樹叢。或許是因爲眼前的情境太不眞實而難以置信，他們看起來，彷彿從未見過這個地方似的。

過了不久，他們列隊回到農莊裡的舍房區，停在其中一棟屋子門外，就算知道這裡也是他們的，卻感到有些害怕而不敢貿然進屋。一會兒之後，雪球和拿破崙還是用肩膀撞開了門，其他的動物亦跟著魚貫而入，小心翼翼地走著，彷若屋裡還有其他人或動物存在。

大夥踮起腳尖，穿過一個又一個房間，壓低聲音說話，敬畏地盯著周遭豪奢的空間，像是床上的羽毛襯墊、鏡子、馬鬃沙發、布魯塞爾地毯⑥，以及客廳壁爐臺上的一幅維多利亞女王版畫。

正當他們爲這一切目眩神迷、準備步下樓梯之際，才發現茉莉不見了，大夥掉頭回去找，看見她自顧自地留在後方最華麗的一間臥室裡。茉莉從瓊斯太太的化妝臺上拿了一條藍色緞帶披在肩上，還朝著鏡子擺姿勢，模樣非常可笑。其他動物見狀不禁狠狠罵了她一頓，他們的參觀就在這件小插曲中結束，而後陸陸續續走到了屋外。

吊掛在廚房中的一些火腿被拿出去埋了，貯藏室的啤酒桶也被巴瑟一腳踹破，除此之外，所有物品皆保持原封不動。當場，動物們一致通過，決定保留這棟農莊主屋做爲博物館。大夥也同意，今後，任何動物都不應該居住在此屋內。

吃完早餐後，雪球和拿破崙再次召集大家。

「同志們，」雪球說，「現在是早上六點半，今天還有很多工作等著我們完成。首先，從收割牧草開始。不過在那之前，有另一件更重要的事必須先處理。」

三豚組此時向大家透露，過去的三個月裡，他們靠著一本從垃圾堆撿來、原本屬於瓊斯先生子女的拼音字母書，學會了讀和寫。一旁的拿破崙隨即取來幾桶黑色與白色的油漆，帶領大家走到面朝公路的那道五橫柵木造大門。

三豚組之中最善於寫字的雪球，用他前腳的蹄，夾起一把刷子，先將大門外側的「梅諾農莊」字眼塗掉，接著重新漆上「動物農莊」這幾個字——這就是農莊今後的名字。

完成之後，全體動物再度回到農莊的舍房區，雪球和拿破崙搬出一把梯子，架在大穀倉最內側的牆壁上。他們解釋道：「根據過去三個月以來的研究，我們三豚組總算成功地將動物主義化繁爲簡，濃縮成七條誡規。現在，讓我們把這『七誡』寫在牆上，從今以後，它們將成爲全體動物不得改變的生活守則。」

雪球吃力地爬上梯子（這對一隻豬來說，實屬不易），開始題字，阿尖則在往下低幾格的地方捧著油漆桶。不一會兒，雪球將七誡寫在塗了瀝青的牆上，白色的大字，連遠在三十碼外都看得一清二楚。

七誡

一　凡是靠兩隻腳走路的，就是敵人
二　凡是用四條腿或翅膀行動的，就是盟友
三　任何動物都不該穿著衣褲
四　任何動物都不該睡在床上
五　任何動物都不該喝酒
六　任何動物都無權奪取其他動物的生命
七　所有的動物一律平等

雪球的字寫得很工整，除了「友」寫成「反」，其中一個「都」的「阝」方向弄錯，筆劃全都正確。他大聲地向其他動物朗誦七誡的內容，大夥聽了無不頻頻點頭表示贊同，比較聰明的動物甚至當場開始背誦起來。

「同志們，」雪球拉高分貝呼喊，激情地丟下刷子，「現在朝牧場前進！讓我們驕傲地證明自己收割牧草的效率，更勝於瓊斯那些人。」

但這時候，從剛才就一直覺得不太舒服的三頭母牛發出了痛苦的叫聲，畢竟她們已經二十四小時沒有被擠奶，乳房幾乎要漲破了。

三豚組想了一下，請其他動物找來幾個桶子，並自己動手擠奶，過程相當順利；看來，豬蹄剛好適合這項任務。很快地，他們便擠出了五桶冒著泡沫的香濃牛奶，圍觀的動物們全都興致高昂地瞧著。

「這些牛奶該怎麼辦呢？」其中一隻動物問道。

「以前，瓊斯會把一些牛奶加在我們的飼料裡頭。」旁邊有隻母雞說。

「別管牛奶了，同志們！」拿破崙站到桶子前，用洪亮的聲音提醒大家，「這些牛奶一定會得到妥善的處置。相較之下，眼前收割牧草的工作更為重要，雪球同志會帶隊執行，我稍後就跟上。前進吧，同志們，那一大片牧草正等待著你們前去征服！」

不久，動物大軍抵達草場開始進行收割。然而，當他們晚上回來時，卻發現牛奶消失了。

譯注：

①盤克夏豬（Berkshire Boar）：據説是英國最古老的豬種，全身黑色，面部、蹄部和尾尖為白色。

②動物主義（Animalism）：歐威爾利用動物主義中的一些觀點來表達「社會主義」的基本信念。這個想法，最初是由馬克思（Heinrich Karl Marx，書中的「梅傑老爺」即他的化身）所闡明論述；但在歐威爾的眼中，他認為馬克思太過天真地以為這套哲學可以行得通。儘管歐威爾大致上同意社會主義「平等、平權」的概念，但他也質疑馬克思未加以考慮貪念、嫉妒這些具破壞性的因素。

③糖果山（Sugarcandy Mountain）：在歐威爾的設定下，糖果山相當於基督教世界中「天堂」的概念。在「動物農莊」裡，糖果山遭到歐威爾的挖苦諷刺，因為那是一個利用謊言和操弄手段誘使動物工作的地方。歐威爾正是以如此憤世嫉俗的態度來看待基督教，認為它造成了許多人的困擾；不過，這也顯示出他既不盲從、亦無畏於體制的個人風格。

④溫莎椅（Windsor Chair）：十八世紀時，英美十分流行的一種木椅，細骨高背，四隻椅腳外張。

⑤仲夏節（Midsummer）：北歐國家夏至來臨前的一個重要節日。

⑥布魯塞爾地毯（Brussels Carpet）：一種由眾多彩色小型圖案組成的羊毛製亞麻地毯。

第三章

旗幟上的「綠色」代表英格蘭青翠的大地，「蹄和角」則象徵人類最終被消滅，取而代之的是動物共和國將崛起。

chapter 3

—第3章—

他們是如何辛勤賣力地收割牧草啊！然而，每一分付出都非常值得，因爲這次牧草收割的數量明顯超出大家的預期。

工作進行得十分艱苦，畢竟，農莊裡的器具全是以人類爲考量而設計，沒有任何動物能在只靠後腿站立的情況下使用農具，這一點對他們頗爲不利。不過，豬仍然是最聰明的，總會想出方法克服困難。至於馬，他們對農莊的環境瞭若指掌，事實上，這幾匹馬遠比瓊斯那一幫人更清楚該如何刈草與耙地。

基本上，豬並不參與工作，只負責監督和指導，他們擁有超越其他同類的知識，因此擔當領袖的職責並無不妥。巴瑟和柯洛芙自願套上割草機或耙地機（這時當然不需要馬勒和轠繩），步伐穩健地不斷拉動機具，而與他們相互配合的豬，則跟在後頭依據不同情況喊著「同志，前進」或是「同志，後退」。

搬運和堆集牧草時，所有的動物皆放低身段聽從指揮。就連鴨子和雞，也在大太陽底下靠著嘴巴，每次叼起一小撮牧草，來來回回奔波一整天。最終，他們只花了兩天便完成收割牧草的工作，比起瓊斯那一幫人以往所耗費的時間還要短。

除此之外，這更是農莊歷來收穫最多的一次，完全未見絲毫的浪費——雞和鴨發揮了他們絕佳的視力，連一根草梗也沒放過；再加上全體動物的自律與克制，誰都不曾偷吃一口牧草。

整個夏天，農莊裡的工作皆按步就班地進行著，動物們以前從沒想過日子可以過得如此幸福。每一口食物都伴隨著深刻又充實的喜悅，現在，食物百分之百屬於他們，眞正的自給自足，不靠差勁的主人施捨。在那些毫無用處、形同寄生蟲的人類離開之後，如今，動物們的食物自然更加充足。

儘管生活有了閒暇時間，但這種餘裕對他們而言卻是相當陌生的體驗。另一方面，麻煩的事情也沒少過，例如同一年稍晚、收割完穀子的時候，由於農莊裡沒有打穀機，因此他們必須以踩踏、吹氣等古早的方式分離穀殼；幸好，豬的機靈和巴瑟的力量，每每總能引領大家化解阻礙。

巴瑟可說是動物們的楷模。他刻苦耐勞的拚勁始終如一，即便在過往瓊斯當家的日子裡也同樣認眞。動物們自治後的這段期間，巴瑟的工作量甚至抵得上三匹馬，整座農莊的粗活幾乎由他一肩扛起——從早到晚，不斷重複著推進與拖行的動作，只要是最操、最累的現場，肯定會看見他的身影。

巴瑟還特別安排了一隻公雞，在每天早晨其他動物起床之前半個鐘頭叫醒他，以便在當日工作展開之前，先行前往其他地方自發性地進行協助任務。無論遇到任何問題、任何挫折，他的回答一定是「我會更努力地工作」，而這句話正是他自己的座右銘。

然而，每種動物的能力範圍各不相同，像是收割牧草時，雞和鴨僅憑撿拾散落地面的顆粒，便足足累積了五個蒲式耳①的穀子。大夥既不偷吃糧食，對於配額也沒有抱怨，過去常見的爭吵、互咬和嫉妒全都消失無蹤。所有的動物皆克盡本分，但，凡事總免不了例外——像是茉莉，儘管她並非故意，早上卻永遠爬不起來，而且工作時，習慣早退，藉口千篇一律，永遠是「馬蹄裡卡了石子」。

貓的行爲也有幾分相似。大夥很快便注意到，需要勞動的時候她總是不見蹤影，一消失就是好幾個小時，直到吃飯時間或傍晚工作結束後，才再度現身，並且裝作若無其事。她往往能找出很好的理由，再加上溫和柔軟的態度，更讓其他動物無法懷疑她存心逃避工作。

不過即便造反成功，驢子班傑明看起來還是那副老樣子。和以前瓊斯當家的時期一樣，他總是用自己緩慢又固執的方法工作，分內之事從不摸魚，和他無關的事也絕不參與。任何涉及造反的話題皆不表示意見。如果問他「瓊斯離開之後，是否覺得更開心」，他只會回答「驢子都很長壽，你們都沒見過死驢吧」這般詭異的答案，令其他動物打消了繼續追問的念頭。

星期天不需要工作。早餐時間比平常晚了一個小時，之後便是每週固定舉行、風雨無阻的一場儀式。

首先是升旗典禮。那旗子原本是瓊斯太太放在馬具房裡的一塊綠色舊桌布，雪球找到它之後，以白色的漆在上面各畫了一隻蹄和一個角的圖案。每個星期天早上八點鐘，這面旗幟會在農莊花園的旗杆上升起。雪球解釋道：「旗子上的綠色代表英格蘭青翠的大地，蹄和角則象徵人類最終被消滅，取而代之的是動物共和國將崛起。」

升旗典禮結束後，所有的動物皆排隊進入大穀倉，參加名為「莊園會議」的全體集會，下一週的工作安排，以及問題的疑難排解，全都可以在此提出或討論。大部分的時間裡，只有豬能提供解決方案；其他的動物儘管知道如何表決，卻連半個主意都不曾想出來。

到目前為止，討論時，最活躍的莫過於雪球和拿破崙。但大家也發現，他倆從來無法達成共識——無論其中一方建議的內容是什麼，另一方必定有異議，即便問題解決了也依舊如此。就連「將果園後方的一小片牧場，規畫成退休動物之家」這項幾乎不可能受到反對的議題，他倆居然也為了該如何訂定各種動物的適當退休年齡，而引發劇烈的爭辯。

莊園會議的最後，總是以〈英格蘭的獸族們〉這首歌的大合唱做為結束，下午的時間便用來從事休閒娛樂活動。

放置馬具的房間，如今被豬拿來當成指揮本部使用。他們利用晚上的時間，參考從農莊主屋借來的書籍，在此學習鐵工、木工和其他必要的技術。

雪球並且致力於組織農莊裡的動物，成立他口中的「動物委員會」，並且進行得十分起勁——他為母雞設置了「雞蛋生產委員會」，替牛設立了「尾潔社」，替羊設計了「羊毛淨白運動」，再加上以馴化老鼠和兔子為目的的「野外同志再教育委員會」，還有其他許許多多的社團；此外，也招收讀寫班。

整體而言，這些項目都失敗了。舉例而言，嘗試教育野外同志的行動幾乎立刻瓦解。野生動物們的行為和過去沒有兩樣，對他們慷慨，卻只會被占便宜。倒是有一陣子，貓很熱中參加「野外同志再教育委員會」；某天，動物們看見她在屋頂上，朝著一群刻意與她保持距離的麻雀發表談話，她說「動物們現在皆爲同志，任何麻雀只要願意，都可以到她的爪子上休息」，然而沒有一隻麻雀膽敢靠近。

撇開其他社團面臨的窘境，讀寫班的情況則極爲成功。到了秋天，農莊裡的動物皆具備了程度不一的讀寫能力——

豬已經可以精確地讀和寫。

狗在讀的方面頗有進展，可是他們的興趣僅止於七誡的內容。

山羊妙麗對文字的理解比狗更勝一籌，她經常找出垃圾堆中的碎報紙，利用晚上的時間唸給其他動物聽。

班傑明的閱讀能力和豬同樣出色，可惜他從不發揮這套本事；根據他的說法，結論就是——到目前爲止，毫無值得一讀的東西。

柯洛芙則背下了所有的字母，只是還不會拼寫單字。

巴瑟的極限僅僅記到「D」，他會用巨大的蹄在泥土上描出「A、B、C、D」，然後壓低耳朵呆站在原地，盯著這幾個字跡，偶爾甩一甩額毛，拚命地想擠出下一個字母，遺憾的是，他始終無法突破；不過的確有幾回，巴瑟好不容易連「E、F、G、H」都背起來了，無奈，隨即又把「A、B、C、D」忘光光。後來，他決定只記前四個字母就好，並且每日練習，寫個一到兩次以加強印象。

茉莉則除了組成自己名字的那幾個字母，其餘一概拒絕認識；她習慣用樹枝整齊地排列出名字，再擺上一兩朵花加以裝飾，而後帶著欣賞的心情在一旁走來走去。

農莊裡的其他動物頂多只能學會「A」。此外還有一件事比較麻煩，對於腦筋不好的動物如羊、雞、鴨，他們要熟背七誡，簡直難如登天。

雪球左思右想之後，宣布將七誡簡化成一條最高準則，即——「四條腿代表好，兩條腿代表壞」。他說：「這句格言包含了動物主義的基本精神，無論是誰，一旦融會貫通其中的意義，便可免於受到人類惡質的影響。」

但鳥類率先提出抗議，因爲看來他們被歸類到兩條腿的陣營，雪球立刻補充說明並非如此。

「同志啊，」雪球說，「鳥類的翅膀乃屬於推進的構造，不具備控制與操縱的用途，而那等同於腿的作用。手則是人類獨有的器械，也是一切災難的起源。」

鳥類聽不懂雪球這一大串理論，但接受了他的解釋。與此同時，那些腦筋不好的動物，也紛紛開始認眞背誦簡化之後的新格言——「四條腿好，兩條腿壞」這條準則，以更大的字體寫在穀倉牆壁的舊七誡上方。

羊逐漸熟記了這句新格言，竟出現欲罷不能的症狀，時常躺在地上一邊叫著「四條腿好，兩條腿壞。四條腿好，兩條腿壞」②，如此持續喊上好幾個小時，絲毫不覺得累。

拿破崙則對雪球推動的那些委員會沒興趣。他說，花工夫在已成年的動物身上是白做工，眞正重要的是把心思投入下一代的教育。剛好，牧草收割後不久，潔西和藍鈴同時產下了九隻健壯的小狗。這群小狗一斷奶，拿破崙便將他們從母親身邊帶走，由他來擔負教育幼犬的責任。他們被帶到一處必須靠著馬具室裡那把梯子才能進出的閣樓，徹底與外界隔離；農莊裡的其他動物，很快就忘記他們的存在了。

牛奶神祕消失事件的眞相，過了幾日，終於水落石出。原來，豬的飼料裡每天都添加了新鮮乳品。

蘋果熟成的季節到了，果園的草地上四處可見被風吹落的蘋果。動物們理所當然地認爲可以平均分配落果，然而有天公布了一道命令——要求全部的落果都需集中送至馬具室，由豬進行發落。

許多動物對此感到不滿，口中怨言不斷，卻改變不了什麼。在這件事情上，所有的豬似乎特別團結，甚至就連雪球和拿破崙這兩個死對頭也立場一致。而向其他動物進行溝通解釋的任務，則落到了阿尖身上。

阿尖喊冤地說：「同志們，我希望你們不會認爲，我們豬是出於自肥和特權的私心才這麼做的吧？我們當中有許多弟兄根本不喜歡牛奶和蘋果，包括我自己在內。之所以攝取這兩樣食物，唯一的目的在於維護我們的身體健康。

「同志們，經由科學理論證明，牛奶和蘋果含有豬不可或缺的營養成分。而我們是消耗腦力的勞動者，農莊裡的一切運作與管理都必須仰賴豬，而不分晝夜守護各位福利的也是豬。

「因此說穿了，我們之所以喝牛奶、吃蘋果，其實是爲了大家啊！你們可知道，豬如果怠忽職守，後果有多麼嚴重嗎？瓊斯那夥人帶來的噩夢將會重演，是的，噩夢將會重演！不要懷疑，同志們。」阿尖搖著尾巴，左右來回地彈跳，以近乎懇求的口氣高聲說道，「當然，我相信大家都不希望看見瓊斯那些人回來吧？」

如果說，此刻，動物們心中有個絕對肯定的想法，那無非是絕不希望再度面對瓊斯。阿尖從這個角度加以說明之後，大夥便無話可說了。

要讓豬保持健康，這件事的重要性實在太顯著了，於是大夥同意把牛奶和落果的獨占權（外加蘋果熟成之後的附帶收穫），保留給豬，後續亦不再進行討論。

譯注：

①蒲式耳（Bushel）：容量單位，相當於英制的八加侖。

②「四條腿好，兩條腿壞」：這句格言源自梅傑老爺激勵動物們團結面對人類壓迫的那場演說。雪球將演説整理節錄之後形成了動物主義，再把裡面的七誡濃縮簡化為這句格言。歐威爾則將它描寫成「菁英階級濫用語言，以控制下層階級」的一種實例。

儘管一開始，這句格言的確幫助動物們清楚明辨自己所抱持的原則，但不久後便淪為一句毫無意義的口號。最後，更為了配合領導階級立場的改變廣作宣傳，眾豬甚至將這句口號改成「四條腿好，兩條腿更棒」，成為乍聽之下很類似、但意思完全相反的文字。

第四章

〈英格蘭的獸族們〉這首象徵動物起義、推翻暴虐人類的歌曲傳進人們的耳裡，彷若大難臨頭的末日預言般，令每個人都忍不住偷偷發抖。

chapter 4

第4章

到了夏末，關於動物農莊所發生的種種事蹟早就傳遍了半個郡。雪球和拿破崙每天都會派出一隊鴿子，指示他們混進附近農莊的動物群，宣揚造反起義的故事，以及教唱〈英格蘭的獸族們〉這首歌。

這段時間，瓊斯先生幾乎都在威靈頓的紅獅酒吧逗留，不斷向人抱怨自己何等委屈地被一群畜牲逐出家門。其他農莊的主人原則上給予同情，一開始並未提供協助，但其實每個人都在暗中算計——該如何利用瓊斯的倒楣不振，趁機強取豪奪一番。幸運的是，動物農莊附近有兩座莊園，莊園的主人彼此看不順眼而長期交惡。

一邊是占地廣闊、卻疏於照顧，名爲「狐木」的老派農莊，裡頭的林地樹木缺乏修剪，牧場的草皮過度耗損，連圍籬也顯得不堪入目。主人皮金頓先生是一位悠哉的鄉紳，他絕大多數的時間不是用來釣魚，就是打獵，通常依季節的變化而定。另一邊則是面積略小、管理較佳，名爲「濱田」的農莊。主人菲德列先生的個性精明而強硬，永遠有打不完的官司，以擅長討價還價著稱。

這兩個人互相敵視，完全不可能合作，即便爲了保衛共同利益也一樣。不過，這一次他們都被動物農莊發生的造反行動嚇到了，並且極力避免自家農莊的動物接收太多相關訊息。

剛開始，他們假裝嘲笑與鄙視動物們嘗試獨立管理農莊的野心，還說這場鬧劇在兩個星期以內就會結束。接著，又到處散布梅諾農莊（他們堅持使用梅諾農莊這個名字，拒絕接受動物農莊的存在）裡的動物內鬥不斷，所有動物很快就會餓死。

不想，過了一陣子，並沒有動物餓死的情形發生，皮金頓和菲德列又轉變論調，改口說動物農莊如今彌漫著恐怖的邪氣，謊稱那些動物自相殘殺，以同類爲食，以烤得通紅的馬蹄鐵凌虐彼此，並共享雌性動物。「這些全都是造反行動違背了自然界法則的結果。」皮金頓和菲德列如此做著結論。

無論如何，兩人所編的故事終究無法讓外界完全信服。相反地，各種耳語逐漸暗中流傳著，隱約透露出世界上有一座美好的農莊，那裡的動物驅逐了人類，由自己當家作主。這一整年，附近村落的造反浪潮如野火燎原般蔓延開來——溫馴的公牛突然變得狂暴；羊群摧毀了圍籬，胡亂地啃食苜蓿；母牛直接踢翻裝奶的桶子；獵馬不願跳過柵欄而急急停下，索性甩拋下背上的騎士。

更誇張的是，〈英格蘭的獸族們〉這首歌的詞和曲早已傳遍各地，正以驚人的速度擴散開來。人類聽到這首歌無不勃然大怒，卻又故作輕鬆地認爲它離譜可笑。他們不明白，爲什麼連動物都有辦法唱出如此下流胡扯的垃圾音樂。

任何動物只要被逮到唱這首歌，就會當場遭到鞭打。即便如此，這首歌依舊勢不可擋——黑鳥在圍籬上哼唱，鴿子在榆樹上低鳴，那旋律穿透了打鐵舖的喧鬧聲和教堂的鐘聲。它傳進人們的耳裡，彷若大難臨頭的末日預言般，每個人都忍不住偷偷發抖。

十月初，收割回來的穀子整齊地堆疊著，有些已經完成了脫粒程序。

某一天，鴿子小隊自天空急速俯衝而下，神情激動地降落在動物農莊的庭院中。原來，瓊斯和他的夥計們，再加上六個從狐木和濱田農莊找來支援的人手，正沿著農莊小徑，準備穿過五橫柵大門而來。除了帶頭的瓊斯手持霰彈槍，其餘的人全都手拿棍棒；很顯然地，他們準備奪回農莊。

動物們早就預料到這一天的到來，亦擬定了作戰計畫。負責安排防禦工作的是雪球，他研讀了一本在農莊主屋找到的舊書，內容是凱薩征戰的歷史與兵法。在他明快的指示下，才幾分鐘不到，全體動物都已各就各位。

當瓊斯這夥人逼近舍房區時，雪球發動了第一波攻擊。三十五隻鴿子傾巢而出，在敵人的頭上來回穿梭飛行，並從半空中投下鳥屎炸彈；趁著所有的人忙於躲避轟炸之時，原本藏身在圍籬後方的鵝軍也衝入戰場，猛啄敵人的小腿。不過，這些僅僅只是開胃菜而已，目的是製造混亂，因此人類用棍棒即可輕易地擊退鵝軍。

雪球接著發動第二波攻擊。妙麗和班傑明，再加上所有的羊群，由雪球領軍朝敵陣疾奔，從四面八方戳撞人類。班傑明則轉過身來，用他那細瘦的後腿死命地踢。可惜，人類手上的棍棒和靴底的鞋釘著實威力強大，難以撼動；突然間，雪球尖吼一聲，此乃撤兵的信號，動物們紛紛掉頭，通過柵門，跑回庭院中。

瓊斯一夥人發出了勝利的歡呼。正如他們所想像，眼前的畜牲聯軍果然逃之夭夭，他們得意忘形地在後頭窮追猛趕，毫無組織章法可言；而這正是雪球希望看見的情形。待每個人都被引入庭院中央，一直埋伏在牛棚裡的三匹馬、三頭牛和其餘的豬，冷不防地從他們的背後冒了出來，阻斷這群人的退路。

這時，雪球下達了衝鋒的指令。他自己先朝瓊斯直撲過去，瓊斯見狀，趕緊舉槍射擊。子彈內的鋼珠在雪球的背上畫出數道長長的血痕，另一隻羊中彈倒地身亡。雪球毫不遲疑地將自己兩百磅重的身軀砸向瓊斯的腿。瓊斯被撞倒，並跌進了一堆排泄物之中，手上的槍也飛了出去。

最駭人的一幕則是巴瑟的暴烈演出，他有如種馬般高舉前腳直立起來，用他那釘了蹄鐵的大腳狂踹，第一下便踢中狐木農莊某位員工的腦袋，這個倒楣鬼瞬間倒地，趴在泥巴裡沒了氣息。

眾人目睹，大驚之下，全都丟下棍棒打算開溜。一群人慌張失措，被動物們在庭院裡追得到處跑。他們被頂、被踢、被咬、被踩，農莊裡的動物無不各自施展功夫，把握機會報仇雪恨。甚至連貓都從屋頂跳到一名牧場工人的肩膀上，用她的利爪狠抓那人的脖子，接著便聽見一陣慘叫。

混戰之中，入口處突然露出了些許空隙，所有的人活像劫後餘生般欣喜地逃出庭院，往外面的大馬路急奔而去。人類的這場入侵行動，五分鐘內就結束了，剛才昂首闊步挺進而來的路線，如今只能灰頭土臉地從原路撤退，更別提，還有一群鵝緊跟在後沿途驅趕、猛啄他們。

還剩下一個人走不了。庭院裡，巴瑟正笨拙地用蹄子撥動那個趴在泥巴裡的傢伙，試圖翻過他的身子。但，那個年輕人沒有任何反應。

「他死了，」巴瑟難過地說，「我沒有想到會這樣。我忘了自己的腳上釘了蹄鐵。有誰會相信我不是故意的呢？」

「別感情用事了，同志！」雪球高聲一呼，背上的傷口仍然淌著血，「戰爭就是戰爭，唯有死人才是好人。」

「可是，我並不想危害生命，即便是人類的生命。」巴瑟眼中含著淚水，重複道。

「茉莉到哪裡去了？」有一個聲音問道。

茉莉眞的失蹤了。一時之間大夥全都緊張了起來，擔心她可能受到人類的傷害，甚至被擄走。最終才發現她躲在馬廄裡，把頭埋進飼料槽的牧草中。原來，瓊斯開槍後，她立刻腳底抹油先跑了。

待確認茉莉平安無事之後，動物們再次回到庭院中，但那名年輕人早已不知去向；原來他只是暫時昏迷，醒來後見四周沒有任何動物，便趕緊逃離。

不久，動物們興奮地重新集合起來，大夥全都扯破喉嚨地誇耀自己在衝突中的英勇表現。他們立刻舉行了一場即興的慶功典禮。

動物農莊的旗幟冉冉升起，〈英格蘭的獸族們〉這首歌被反覆高唱好幾遍，接著又為不幸遇害的那隻羊舉辦了隆重的喪禮，並在她的墳上種了一棵山楂樹。雪球隨後在墓旁發表簡短的致詞，強調全體動物必須有所覺悟，隨時做好為這個農莊犧牲的準備。

動物們無異議地通過設置軍事表揚的機制——「動物英雄一級勛章」，並當場頒發給雪球和巴瑟。受勛者可獲得一面銅牌（那是從馬具室翻出來的老古董，是眞正的黃銅製品），他們可在星期天和節日時佩戴；此外，還追贈「動物英雄二級勛章」，授予死去的羊。

該如何替今日的戰役命名，著實讓動物們花了不少時間討論。最後，「牛棚之役」①這個名稱脫穎而出，因為那裡是埋伏逆襲的地點。

大夥原本就知道農莊主屋裡有一些備用彈藥，如今又在泥堆中找到瓊斯先生遺落的霰彈槍，於是他們決定把槍架設於旗杆下，當作一門火炮，每年擊發兩次——一次是十月十二日，牛棚之役紀念日；另一次是仲夏節，即造反起義紀念日。

譯注：

①牛棚之役（Battle of Cowshed）：這無疑暗喻著推翻舊帝俄沙皇政府（農莊主人瓊斯）的戰鬥。此一巨變迫使俄國退出第一次世界大戰，最終並導致列寧與史達林的崛起。

第五章

睿智的老驢班傑明說：「有沒有風車都無所謂，生活不會產生任何變化，日子就跟過去一樣，也就是　說——一、樣、糟、糕。」

chapter 5

第5章

隨著冬天的腳步逐漸靠近，茉莉變得越來越麻煩。

每天早晨，她總是無法準時到場工作，最常聽到的原因是「睡過頭了」，還不停抱怨身上莫名其妙的疼痛，但胃口依舊好得不得了。她會想盡辦法找藉口偷懶，再溜到飲水池邊傻傻地站著，凝視自己水中的倒影。

不過，還有其他更嚴重的事態——流言。

某天，茉莉正甩著尾巴、嚼著草梗，漫不經心地在庭院裡閒晃，柯洛芙忽然把她拉到一邊。

「茉莉，」她說，「我有一件非常重要的事要問妳。今天早上，我看見妳隔著圍籬，朝對面的狐木農莊張望，皮金頓先生的一名夥計就站在圍籬另一邊。而且儘管距離很遠，可是我幾乎能夠肯定看見他對妳說話，妳還讓他撫摸鼻子。那是什麼意思，茉莉？」

「他什麼也沒有做！我也沒有！這不是事實！」茉莉拉高分貝地說，激動地開始又蹦又跳，還拚命地用蹄子刨地。

「茉莉，看著我，妳敢保證那個人沒有撫摸妳的鼻子嗎？」柯洛芙神色嚴肅地問。

「這不是事實！」茉莉又說了一次，卻不敢正視柯洛芙的臉，下一秒便掉頭朝曠野飛奔而去。

柯洛芙霎時心頭一驚。她隻字未提，獨自前去茉莉的馬廄，用蹄子翻開了稻草。結果底下竟藏著一小堆方糖，以及數條各種顏色的緞帶。

三天後，茉莉消失了。

接下來的好幾週，她下落不明，直到鴿子傳來消息，說在威靈頓的另一頭看見她。當時，她拉著一輛漆成帥氣紅黑配色的雙輪輕便馬車，停在某處酒館的外面。有個滿臉通紅、身穿馬褲長靴，看起來像是酒館主人的胖子輕拍著她的鼻子，還給她糖吃。茉莉的毛髮剛修剪過，額毛上綁了一條暗紅色的緞帶。鴿子說，茉莉對自己的模樣似乎相當滿意。從此以後，動物們再也不曾提起她。

一月份的時候，嚴酷的天氣來襲。地面如鐵板一般堅硬，田野上什麼事都做不了。

大穀倉裡舉行了許多場會議，豬忙碌地計畫並安排著下一季的工作。由於他們顯然比其他動物聰明，因此提出的意見理所當然成爲農莊施政方向的參考依據；儘管如此，所有的決策仍須經過大夥投票同意，才能付諸實行。原則上，只要雪球和拿破崙不鬧意見，這項機制的確可以順利運作。偏偏這兩個冤家無論針對任何議題，一有機會就找對方麻煩。

如果他們其中一個建議增加播種大麥的面積，另一個便堅持擴大播種燕麥的面積；如果其中一個認爲某塊地適合種植高麗菜，另一個便主張根莖類才是唯一正確的選擇。雙方各有擁護者，激烈辯論的場面亦時有所見。

會議當中，雪球的辯才無礙經常讓他贏得多數動物的支持。然而，拿破崙更擅長私下拉攏遊說大家，而他對羊群的思想灌輸工作進行得尤其成功。及至後來，眾羊動不動就「四條腿好，兩條腿壞！」不看場合地亂叫，還經常以此中斷會議進行。動物們也注意到，羊群特別喜歡在雪球演講的關鍵時刻，發出「四條腿好，兩條腿壞！」的搗蛋之鳴。

雪球從農莊主屋找到了許多過期的《農畜牧業經營者》雜誌，並且用功地仔細熟讀，心中充滿各式各樣創新與改良的想法。他頭頭是道地談論著土地排水、貯藏飼料、鹼性爐渣等概念，還設計出一套複雜的系統，將全體動物每天從不同地點排出的糞便直接引入地底，以節省費時費力的搬運作業。

拿破崙本身並未提出什麼構想，只在暗地裡說雪球的那些鬼主意終究是白費功夫，一副等著看笑話的樣子。不過，他們之間最火爆的衝突，無疑是針對風車計畫的正面交鋒。

在狹長形的牧場上，距離農莊舍房區不遠處有座小圓丘，那裡是農莊地勢的最高點。經過勘查，雪球宣告該處正是建造風車的理想位置，完成後，可利用它來驅動發電機，供給農莊日常生活所需的電力。

雪球興奮地說，未來，獸欄將能安裝燈具照明，冬天時也會感覺暖和一些；另外包括圓鋸機、去糠機、甜菜切片機，以及電動擠奶機等等都可接上電源，以發揮功能。

動物們從未耳聞這樣的事（梅諾農莊非常守舊，只有一部近乎原始的機器），無不瞠目結舌地聽取雪球傳神地描述那番景象——大夥在田野間輕鬆地吃草，或從事有助心靈成長的閱讀與交談，而工作的事情就交給那些神奇的機器搞定。

幾週之後，雪球的風車興建計畫書大功告成。機械方面的細節，主要參考瓊斯先生的三本舊書——《改善居家環境必學的一千件事》、《磚瓦泥作第一次就上手》、《電工入門》。雪球挑了一座過去用來孵蛋的棚子充當工作間，內部光滑的木造地板有利繪製設計圖，他經常一進去，便待上好幾個小時不出來。

雪球將這幾本書攤開，擺在地上以石頭壓住，前腳的蹄夾住一根粉筆，來來回回地四處移動，畫下一道又一道的線條，還快樂發出微微的鼻哼聲。

漸漸地，這個計畫轉化成了大量驅柄和齒輪環環相扣的複雜圖案，足足有半個工作間地板那麼大，其他動物見到之後儘管覺得印象深刻，卻完全不知道這是什麼東西。大夥每天至少來看雪球一次。就連雞和鴨也來湊熱鬧，但他們為避開地上的粉筆線而困擾不已。

唯獨拿破崙冷眼旁觀。他從一開始便明白表示反對興建風車。可是有一天，他無預警地進入棚子檢視設計圖。拿破崙踱來踱去，鉅細靡遺地查看所有的環節，還用鼻子聞了好幾次，然後若有所思地在旁邊站了許久，斜眼盯著地上密密麻麻的線條；忽然間，他抬起後腳，對設計圖撒了一泡尿之後離開，全程未發一語。

對於風車計畫，農莊裡的動物正式分裂成兩派。

雪球並不否認建造風車是一件艱難的任務。首先必須搬運石塊堆砌成牆，接著製作帆布，最後還需裝設發電機和纜線（雪球當下沒有說明這些步驟該如何達成），但是他強調施作工期不會超過一年。此外，雪球更進一步宣稱，動物們身上揹負的勞務將大幅縮減，未來每週只需要工作三天。

拿破崙則持相反意見，他認爲增產糧食才是目前第一要務，倘若浪費時間建造風車，到時候，大家都會餓死。

立場不同的兩派動物分別構思了自己的口號——「選雪球，做三天休四天」與「支持拿破崙，糧食裝滿槽」。

班傑明是唯一選擇中立的動物，他既不相信以後會有更充裕的食物，也不相信風車能讓大家變輕鬆。他說：「有沒有風車都無所謂，生活不會產生任何變化，日子就跟過去一樣，也就是說——一、樣、糟、糕。」

除了對建造風車的意見紛歧，有關農場的防禦策略也是另一個問題。

動物們心知肚明，人類雖在牛棚之役遭到擊退，卻絕不可能就此罷休，勢必將採取更激烈的手段奪回農莊，以協助瓊斯先生恢復主人的身分。況且，他們被動物打敗的消息傳遍周遭鄉鎮之後，其他農莊裡的動物也不再像以前那麼容易控制，這樣的局面肯定會增強瓊斯他們捲土重來的決心。

如同以往，雪球和拿破崙對此依舊缺乏共識。

拿破崙表示，動物們的第一要務是取得武器，並自我訓練使用的技巧。雪球則主張派出更多鴿子小隊，到各處農莊煽惑動物加入造反行動。其中一方說，如果缺少保護自己的能力，我們只能任人宰割，毫無勝算可言；另一方則說，倘若造反的狼煙四起，人類終將潰逃，我們便不再需要保護自己。

動物們聽完拿破崙的說法，然後又聽了雪球的說法，對於誰對誰錯仍難以下定論；確實，他們發覺自己的立場總是隨著兩位發言者一前一後的陳述而搖擺不定。

風車構造詳圖完成的這一天終於來臨，並且將在接下來的星期天莊園會議中進行投票，決定是否著手興建風車。

會議當天，全體動物齊齊至大穀倉集合以後，雪球站起來慷慨陳詞，說明他想推動建造風車的理由，中途還被羊群的搗蛋之鳴打斷了好幾次。拿破崙隨即起身回應，他淡漠地說風車計畫只是一場瞎攪和，建議大家不要投下贊成票，語畢又立刻坐下；發言時間不超過三十秒，看起來一點也不想替自己的訴求爭取認同。

雪球這時又跳了出來，先喝斥準備製造噪音的羊群不得作聲，隨後熱血激昂地呼籲所有動物支持興建風車的計畫。在此之前，兩派勢力可謂旗鼓相當，可是，雪球這一席精采的演說當場成功說服了大家。

雪球以生動的言語勾勒出，動物們卸除沉重的勞力負擔後，未來的生活將會是怎樣美好的光景。此刻，他的想像力已經遠超乎去糠機和甜菜切片機的範疇。「有了電力，」他說，「脫粒機、犁、耙、平田器、收割機，以及綑紮機全都可以被驅動，而且能爲每座棚廄提供照明、冷熱水，還有電暖器。」

當雪球的發言告一段落之時，大夥心中都很清楚該如何抉擇了。忽然，拿破崙站起身，神情怪異地斜瞄了雪球一眼，隨即發出所有動物都不曾聽他使用過的尖銳哨聲。

這時外面傳來了可怕的吠叫聲，九條戴著粗獷銅釘項圈的大狗闖進大穀倉，直接撲向雪球。就在危急時刻，他閃身一躍，正好躲過了狗群的利牙①。下一秒鐘，雪球已奪門而出，九條狗追了出去。

動物們因驚嚇過度而說不出話來，全都擠到門外觀看這場追逐戰。

雪球高速穿越了通往馬路的長條形牧場，他使出吃奶的力氣狂奔，但狗群仍緊跟在後。一不小心，他滑倒了，眼看就要慘遭咬刑。結果雪球的四條腿剎那間重獲推進力，以更快的速度脫困，可惜狗群又再度逼近。

惡犬部隊的其中一員幾乎就要啃住前方的豬尾巴，幸好雪球及時朝旁邊擺尾，逃過一劫。他趕緊發動衝刺，拉開些微差距，趁隙竄過圍籬上的一個小洞逃走，自此消失無蹤。

動物們因為害怕而不敢吭聲，默默回到了大穀倉裡。狗群隨後興高采烈地折返。一開始，大夥都摸不著頭緒這些惡煞是打哪兒來的，不久，答案便揭曉了——這九條狗就是當初被拿破崙從他們母親身邊帶走、並獨自暗中教養至今的幼犬。

雖然尚未完全長大，但他們的體型已然十分魁梧，外表如野狼般凶殘。狗兒們一直圍繞在拿破崙的身邊，朝著他搖尾巴。動物們發覺那種動作似曾相識，和過去其他的狗在瓊斯先生面前表現出的行為，如出一轍。

拿破崙領著狗群，登上以前梅傑老爺發表演說時所站立的低矮平臺。他宣布，從今以後，星期天早上的莊園會議不再舉辦，因為那些會議毫無必要，而且浪費時間。未來，所有與農莊作息相關的問題，將交給一個全豬陣容的特別委員會處理，並且由他親自統領。委員們將私下進行研議，討論結束後才會向其他動物傳達最終的決策。不過，星期天早上仍需照常集合，向農莊的旗幟敬禮，合唱〈英格蘭的獸族們〉，並接受當週的任務指派；辯論的議程，則就此取消。

儘管對雪球被驅逐一事深感震撼，但動物們聽見這份宣告時，更是錯愕萬分。其中有幾隻動物想抗議，卻發現找不出反駁的好理由。就連巴瑟也顯得茫然困惑，他壓低耳朵，甩一甩額毛，努力地想處理剛剛接收到的資訊，最終仍徒勞無功，一個字都說不出來。

意外地，雪球的某些同類竟然還能保持理性——有四隻坐在前排的年輕小豬以尖銳的叫聲表示反對，他們全都從自己的位子上彈起來打算發言。但坐在拿破崙身邊的這群惡犬，立即回以一陣陰沉威嚇的低嚎，小豬們只好閉上嘴巴乖乖坐下。接著，旁邊的眾羊又開始「四條腿好，兩條腿壞！」的亂喊兼起鬨，一直持續了將近十五分鐘，其他動物根本沒有機會再行討論。

之後，阿尖接獲了任務指示，開始在農莊裡頭走透透，向所有的動物解釋各項新措施。

「同志們，」阿尖說，「我相信大家都很感激，拿破崙同志攬下這麼多苦差事所付出的犧牲。同志們，別以為領導是一件輕鬆愉快的工作；相反地，那是一份無比重大的責任。我們之中沒有誰比拿破崙同志更篤信『所有的動物一律平等』。凡事讓大家自由作主，是他最樂見的情況。但有些時候，你們可能會做出錯誤的決定，各位同志，到時我們將面臨怎樣的處境？假如那天你們選擇追隨雪球天馬行空的夢幻風車，結果此刻才發現他不過是個騙子，那我們該如何是好？」

「他在牛棚之役中表現得很英勇。」某隻動物丟出了這句話。

「光靠英勇是不夠的，」阿尖回答，「忠誠與服從更爲重要。至於牛棚之役的事，我想時間會證明雪球的功蹟被過分誇大了。紀律，各位同志，鐵的紀律！此乃今日箴言，一步走錯，敵人便會乘隙反撲。當然，我相信大家都不希望看見瓊斯那些人回來吧？」

這番說詞再度令大家啞口無言。動物們的確不希望看見這一夥人回來。倘若由於在星期天早晨實施辯論，很可能會招致瓊斯趁虛而入，那麼就應該中止辯論。

巴瑟現在終於有時間好好地考慮清楚，他約略表達了自己的感想：「如果拿破崙同志這麼說，八成不會有錯。」從此以後，除了原本那句「我會更努力地工作」座右銘，巴瑟又加上了「拿破崙同志永遠是對的」這句格言。

壞天氣終於過去，春耕的工作已經展開。

雪球用來繪製風車設計圖的棚子依舊封閉著，大夥都以爲地上的圖早就被擦掉了。

動物們每個星期天早上十點準時在大穀倉集合，聽取當週的任務指派。他們將梅傑老爺僅存的白骨頭顱從果園底下挖出來，擺在旗杆前的矮樹墩上，旁邊則是牛棚之役一戰後架設於此的霰彈槍。升旗典禮結束後，所有動物必須依規定，恭敬地列隊行經那顆頭顱，才能進入大穀倉。

如今，他們不再像以往那樣全都坐在一起。拿破崙和阿尖，加上另外一隻能寫詩作曲、極具天分，名叫小漢的豬，齊坐在平臺的前端；由九條狗排成的半圓形，則分布在他們的外圍；剩下的豬全都坐在後方。其他動物則面對著他們，坐在穀倉的中心區域。

拿破崙以一種軍事化口吻，粗魯地宣讀當週的工作命令，接著合唱一遍〈英格蘭的獸族們〉，會議便草草結束，就地解散。

到了雪球遭驅逐的第三個星期天，當聽見拿破崙表示「風車計畫不該半途而廢」時，動物們不免感到有些訝異。

拿破崙並未說明自己爲何改變了心意，只是提醒大家要做好心理準備，以面對額外工事所帶來的艱苦勞動，甚至很可能會減少糧食的配給。無論如何，這項計畫從上到下都已籌畫妥當。在過去三週的時間裡，豬集團中的一個特別委員會持續進行著前置作業。風車的建築工事，以及周邊的改良工程，全部加起來預計要兩年才能完成。

那天夜晚，阿尖私下向其他的動物解釋，說明拿破崙從未眞正反對建造風車。而且剛好相反，他從一開始就積極表態支持，雪球畫在孵蛋棚地板上的設計圖其實抄自拿破崙的筆記。嚴格來說，風車這個構想是拿破崙創造出來的。

「那麼，」有隻動物問道，「爲何他以前總把風車講得一無是處？」

此刻，阿尖露出非常狡猾的一面，說：「那是拿破崙同志老謀深算，先假裝反對、再藉機除掉雪球這個危險亂源的妙計。現在，雪球已經成了過去式，計畫便可不受影響地進入下一個階段。」又說，「此乃策略啊！」

接著，阿尖又重複了「策略啊，同志，策略啊！」這句話好幾次，還左蹦右跳地擺動著尾巴，一臉沾沾自喜的笑容。

動物們不明白「策略」這個字眼的意思，但是阿尖的話實在很有說服力。湊巧，和他一道來的三隻狗又惡狠狠地發出嘶吼，大夥因此不再多問，而接受了他的解釋。

譯注：

①「這時外面傳來了可怕的吠叫聲，九條戴著粗獷銅釘項圈的大狗闖進大穀倉，直接撲向雪球。就在危急時刻，他閃身一躍，正好躲過了狗群的利牙。」：這段文字描述，拿破崙如何以暴力將雪球驅逐出動物農莊；史達林和托洛斯基翻臉時，情況也是如此。

原來，相較於雪球，拿破崙明顯失去了低階動物的認同，因此他引進犬衛隊這種祕密警察的手段以加強自己的權勢地位。和史達林一樣，拿破崙喜歡在幕後操控，暗中用計鞏固勢力。而雪球，就像托洛斯基，憑藉自己的理念與口才，致力爭取多數動物的支持。

在這一章當中，拿破崙利用狗攻擊對手的方式，不僅突顯出他和雪球的不同，也把矛頭指向這種在真實世界中領導人慣常實施的獨裁策略。

第六章

豬，突然搬進了農莊主屋，理由是——豬是農莊的大腦，理應有一處安靜的工作場所。況且比起豬圈，住在屋子裡更符合領袖尊貴的氣質。

chapter 6

第6章

一整年下來，動物們有如奴隸般地勞動著。

可是他們全都樂在工作，並不計較貢獻或犧牲了多少，他們明白所有的努力都是爲了自己以及下一代的幸福，而不是爲了一群懶散卑劣的人類。

春夏兩季，他們每週出勤六十個鐘頭。到了八月，拿破崙宣布星期天下午也要上工。這個時段的工作完全屬於自願性的任務，只是，沒有參加的動物其糧食配給必須縮減一半。儘管如此，大夥還是發現某些工作始終沒辦法完成——田裡的收穫比去年少了一些；另外，有兩塊地因爲來不及耕犁，使得理應在初夏時種植的根莖類作物，無法順利播種。從這些情形看來，幾乎可預見今年的冬天將相當難熬。

風車計畫也面臨出乎意料的麻煩。農莊裡原本即有一處開採石灰石的地點，此外，動物們又在附屬的一棟小屋中找到許多沙子和水泥，基本上，建造風車的所需原料全都唾手可得。不過問題是，一開始，他們並不知道該如何將石塊切割成適當的尺寸。看起來唯一的方法是藉助十字鎬和鐵橇，可是，沒有任何動物能夠只靠後腳站立而使用這些農具，因此也行不通。

浪費了幾週的時間之後，某隻動物忽然想出了好點子——利用地心引力。採石場裡堆滿了太過龐大、無法當作建築材料的卵石。大夥決定先以繩子綁牢這些卵石，接著齊心協力，牛、馬、羊，以及所有能施力抓握住繩子的動物，一同沿著斜坡緩慢地將石塊拖至採石場的頂端，再從其陡邊推落至底部，讓石頭摔裂開來；遇上緊急狀況時，偶爾，連豬都會來幫忙。

至於搬運碎石的工作，那就相對簡單許多。馬負責拉裝滿石塊的貨車，羊則一次拖運一塊，甚至就連山羊妙麗和驢子班傑明也各自套上舊的輕便馬車，竭盡所能地幫忙。

夏末時，累積的石材數量總算足夠了，於是在豬的監督下，建造風車的工程就此展開！

然而，石材加工的過程卻無比費時費力。往往辛苦了一整天，才能將一顆卵石拖上採石場頂端；況且，卵石即便被推落，也不一定會碎裂。重點是，少了巴瑟一切都免談，他的力量等於其他所有動物相加起來那麼強大。每當動物在斜坡上耗盡體力，因難以支撐卵石的重量而跟著一起往下滑，最終絕望無助地哭喊時，永遠是巴瑟拚命地拉緊繩子挺住，才得以避免許多意外發生。看他氣喘吁吁、滿身大汗，把蹄尖鑿進地裡，一步接一步吃力地朝坡頂邁進，大夥全都敬佩不已。

柯洛芙經常苦口婆心地勸他要照顧身體，別操勞過度，可是巴瑟總是沒聽進去。「我會更努力地工作」和「拿破崙同志永遠是對的」這兩句格言，彷彿已足夠讓他化解所有困難。巴瑟原本安排了一隻公雞，在每天早晨其他動物起床之前早半個鐘頭叫醒他，現在則改成提早四十五分鐘。儘管近來休息的空檔減少，一有時間，他仍舊自發性地前往採石場，先是收集一整車的碎石，再拖到風車的工地卸下——全程獨立作業。

儘管每天的工作極爲疲累，但動物們的這個夏季過得並不算太差。他們的食物配給和瓊斯當家時期相比，沒有增加，卻也沒有減少。好處是，只要養活自己即可，無須生產物資供給那些奢侈的人類花用，實際上，可謂利多於弊，瑕不掩瑜。

與此同時，動物們的許多工作方法進步了，不僅效率提升，也降低了體力的耗費。像是除草這一類的工作，他們的執行程度之徹底，人類簡直望塵莫及；另外，由於動物們至今並無偷盜的行為，因此乾脆撤除隔開牧場和耕地的圍籬，以省下維護門欄籬柵所需的大量時間和勞力。

然而，隨著夏季逐漸過去，當初沒想到的各項物料糧食短缺問題，紛紛浮現了出來。煤油、釘子、線材、狗餅乾以及馬蹄鐵，這些對應著基本生活的物品，農莊本身皆無法生產。再過不久，還將面臨沒有種子和人造肥料可用的窘境，更別說是其他各項種類繁雜的工具；甚至，就連建造風車必得用到的林林總總一大堆機械，動物們根本不知該如何取得。

某個星期天早晨，全體動物們集合，準備接受任務指派時，拿破崙宣布，他擬定了一條新政策——自即日起，動物農莊將開始和附近的農場進行買賣交易，當然，並非以營利為目的，而是為了換取大夥迫切需要的某些特定物資。

他還表示，以建造風車所需的材料擁有最高優先權。因此，他正計畫出售一批乾草和一部分該年份的小麥收成。接下來，倘若錢仍然不夠，就必須販賣雞蛋以補足資金的短缺；畢竟，蛋品在威靈頓的銷路一向不錯。最後拿破崙又說，母雞們應該正面看待這份犧牲，當作是為了興築風車的特殊貢獻。

動物們再度陷入疑惑不安的迷霧中。

「永遠不和人類打交道、進行交易，不使用金錢」——這些全都是在瓊斯被驅逐後首度舉行的自治會議上，所訂定的原則，不是嗎？所有的動物都記得通過了這些條款，或者說，至少他們自以爲記得。曾因拿破崙取消了莊園會議而表達抗議的四隻年輕小豬，用他們怯懦的聲調提出了反對；不過，當聽見那群惡犬陰沉威嚇的低嚎時，小豬們立刻閉上了嘴巴。

接著一如往常地，旁邊的眾羊又開始「四條腿好，兩條腿壞！」的起鬨，瞬間淡化了彆扭的氣氛。最後，拿破崙舉起前蹄，示意全體安靜下來，並宣布一切已安排妥當。至於和人類接觸，這顯然是其中最不討好的部分，其他的動物無須參與，他打算自己一肩扛起這件差事——有位住在威靈頓鎮上、名爲溫普爾的律師，同意擔任動物農莊與外界的聯絡窗口，往後的每個星期一早晨，他將前來農莊聽取相關的工作內容指示。演講結束時，拿破崙照例高喊一聲「動物農莊萬歲」，動物們唱了一遍〈英格蘭的獸族們〉之後，便匆匆解散。

自那天起，阿尖便沒閒著，不停地在農莊裡四處走動，安撫動物們的情緒。他要大家放心，從來不曾有過所謂「反對進行交易和使用金錢」的條款，甚至就連建議的聲音都不曾聽過，這，純粹是認知上的誤會；而且仔細回溯，便可察覺源頭其實是雪球散播的某些謊言。

少數的動物對此依舊略帶懷疑，於是阿尖話鋒一轉，問道：「同志們，難道你能確定那不是在睡夢中發生的事情嗎？那些條款可曾留下具體的記錄？它們寫在哪裡呢？」因爲這一切確實沒有任何文字記載，動物們轉而相信是自己記錯了，所有的困惑也隨之煙消雲散。

每個星期一早晨，溫普爾先生總是依約前來農莊。他的個頭很小，兩頰留著落腮鬍，長相猥瑣，自身的律師業務僅能算是小本經營。但生意觸角十分敏銳的他，早早便察覺動物農莊欠缺一個對外的代理人角色，而且發現當中有利可圖。

動物們看他頻繁地在農莊進進出出，皆心生恐懼、退避三舍。話雖如此，眼見四條腿的拿破崙向兩條腿的溫普爾下達指令的場景，依舊爲大家提升了許多自信，這項新安排帶來的負面觀感由此舒緩不少。如今，他們和人類的關係，相較於過去已經有所不同。

但就算動物農莊的經營漸入佳境，人類對它的敵視也未曾稍減；事實上，那份厭惡感比諸從前可謂有過之而無不及。每個人都抱持著同樣的想法，堅信動物農莊遲早會破產，尤其是風車計畫最終一定會失敗。人們聚集在酒吧的時候總是競相高談，希望透過圖表證明，打造風車的成功機率微乎其微，或者唱衰它即便蓋好也不可能運轉。

可是，動物農莊的自我管理效率，卻讓人類不得不對他們開始產生一絲絲的敬意。其中一個徵兆就是人們不再刻意稱之爲「梅諾農莊」，而開始正式採用「動物農莊」這個名字。所有的人全都不再繼續支持瓊斯，因爲他早已喪失奪回農莊的企圖，轉而搬到郡內另一塊地方謀生去了。

直到目前爲止，溫普爾一直是動物農莊與外界接觸的唯一管道。但卻不斷傳出謠言，說拿破崙正試圖和狐木農莊的皮金頓先生，或是濱田農莊的菲德列先生達成明確的商業協定；這項消息還特別提及一條但書，說拿破崙絕對不會同時和他們兩造合作。

約莫在同一個時間點，豬，忽然搬進了農莊主屋①，生活起居等活動皆移入屋內。動物們再度隱隱約約地想起早前曾通過一項居住限制條款，但阿尖又試圖說服大家，此情況並不適用該條款。

「這完全是必要的安排，」阿尖說，「豬是農莊的大腦，理應有一處安靜的工作場所。況且比起豬圈，住在屋子裡更符合領袖尊貴的氣質。」（最近談到拿破崙的時候，阿尖已經開始用「領袖」這個稱號。）

即便是這樣，當得知豬不僅在主屋裡的廚房用餐、把客廳當成休閒娛樂中心，甚至還睡在床上，部分的動物仍然感覺不太對勁。巴瑟則沒有特別的反應，照舊以「拿破崙同志永遠是對的」這句話帶過。但柯洛芙認爲自己記得很清楚，當時確實有一項反對「床」的條款。因此，她走到大穀倉的最內側，試圖從牆上所寫的七誡尋找蛛絲馬跡。結果，她一個字也不認識，只好請妙麗來幫忙。

「妙麗，」柯洛芙說道，「把第四條誡規唸給我聽。它不是寫著什麼永遠不能睡在床上的規定嗎？」

妙麗略顯吃力，一個字一個字地緩緩唸出：「它說，**任何動物都不該睡在床上**並且覆蓋棉被。」終於，讀完了整個句子。

奇怪的是，在柯洛芙的印象中，第四條誡規並沒有關於「棉被」的敘述；不過，它就這麼寫在牆上，似乎本來就是如此。這時，阿尖碰巧經過，旁邊還跟著兩三隻狗，他老神在在地編出了一套說詞。

「同志們，想必你們已經有所耳聞，」阿尖解釋道，「說我們豬呢，近來睡在農莊主屋的床上對吧？有何不可呢？你們該不會眞以爲有床的限制條款吧？『床』只不過是個睡覺的位置，理論上，馬廄的稻草堆一樣是床啊。『棉被』才是條款中所禁止的東西，它是人類所發明的物品。我們已經移除了屋子裡的棉被，改睡在毯子之間，儘管如此，那些床睡起來仍舊非常舒適。

「但是，同志們，我可以告訴你們，這一切和平常我們勞心傷神所耗費的腦力相比，根本算不上是享受。兩位總不可能剝奪我們休息的權利，對吧，同志們？大家也不願意我們因爲太過勞累，而無法執行任務吧？當然，我相信你們都不希望看見瓊斯那夥人回來吧？」

動物們立刻接受了他的論點，從此不再提豬睡在農莊主屋床上的事情。過了幾天，豬又宣布——自即日起，他們將擁有比其他動物晚一個鐘頭起床的待遇；這回，就連半句抱怨都沒聽到。

秋天時，動物們雖然精疲力盡卻很開心。經歷了艱苦的一年，還賣掉了一部分的乾草和穀子，儘管貯存的糧食僅勉強可過冬，幸好興築風車的工作讓他們的內心有所寄託——風車的工程進度已完成了快一半。

在農作物收割之後，緊接而來的是持續晴朗乾燥的天候形態。動物們更加賣命地工作，彷彿認爲只要不停往返搬運沉重的石塊，每天便能將風車的牆再增高一英尺；付出這些辛勞無論如何都是值得的。

巴瑟甚至會利用夜晚的月光照明，獨自前去工作一至兩個鐘頭。

空閒餘暇時，動物們經常繞著尚未完成的風車走來走去，欣賞石牆的堅固與線條，驚訝自己竟然有辦法建造出如此雄偉的物體。老班傑明是唯一拒絕對風車投注熱情的動物，他還是那樣，除了發表「驢子都很長壽」這類詭異的言論，什麼都沒多說。

十一月伴隨著猛烈的西南季風來臨。氣候變得太潮濕，不適合攪拌水泥，因此風車工程必須暫停。沒想到有天晚上忽然狂風大作，農莊裡的棚舍全都被搖得快要解體，穀倉的瓦片也遭掃落好幾片。母雞們嘰嘰喳喳地驚醒了過來，她們不約而同在夢境中聽見遠處傳來的槍響。

一大早，動物走出各自的圍欄，發現旗杆被風吹倒了，果園後方的一棵榆樹也像蘿蔔一樣被連根拔起，橫躺在地。就在此刻，大夥才注意到另一樁災難，紛紛發出了絕望的哀號，而映入眼簾的是一幅可怕的景象——風車，已成斷垣殘壁。

全體動物幾乎同時奔向了工地。平常總是安步當車的拿破崙，更是不顧一切地跑在最前頭。果然，他們所有的努力成果全被夷爲平地，那些辛苦擲碎、加以搬運的石塊四處散落。剛開始，誰也說不出話來，只能悲傷地凝視著這些東倒西歪的石頭。

拿破崙沉默地踱來踱去，偶爾聞嗅一下地面。他的尾巴顯得僵硬，並且如抽搐般快速顫動，此乃拿破崙情緒緊張時的固定反應。突然間，他停止動作，內心好像有了定見。

「同志們，」拿破崙語氣平和地說，「你們知道，誰該爲這件事情負責嗎？你們知道，是哪個敵人在夜裡毀掉了風車嗎？」此時他的音量驟升，宛如雷鳴般怒吼著，「就是雪球！是雪球幹的好事！他爲了報復被逐出農莊的恥辱，以無比惡毒的手段破壞了我們的計畫。那個叛徒利用半夜趁機潛入，摧毀了我們近一年來所付出的心血。

「同志們，我在此正式宣布判處雪球死刑。能夠就地處決他的動物，將被授予『動物英雄二級勛章』，以及半個蒲式耳的蘋果；能夠活捉他的動物，另外再加半個蒲式耳的蘋果！」

動物們得知雪球竟犯下如此的罪行，無不感到極度震驚。大夥義憤塡膺地吶喊一聲之後，便開始思考——倘若雪球下次膽敢回來，要怎麼逮住他。

過沒多久，小圓丘附近的草地上便找到了豬的腳印；能追蹤的痕跡僅短短幾碼的距離而已，不過可以確定的是，它朝著圍籬底下的一個洞而去。拿破崙用力地吸氣一聞，隨即表示腳印屬於雪球無誤；根據這些線索，他認爲，叛徒八成是從狐木農莊那邊過來的。

「沒有時間可以浪費了，各位同志！」拿破崙檢查了足跡之後，高聲喊道，「我們的使命尚未完成！就從今天早上開始，風車計畫重新啓動，接下來的這個冬天我們將風雨無阻地建造施工，讓那個可悲的叛徒知道，絕無可能如此輕易地擊垮我們。務必記得，各位同志，我們的計畫不會有任何改變，直到它成功的那一天爲止。同志們，向前邁進！風車萬歲！動物農莊萬歲！」

譯注：

①農莊主屋（Farmhouse）：瓊斯的房屋，在某種程度上代表了由貪念與淫慾主宰的境域。穀倉則恰好相反，等同於一般人的堡壘，是一種社會主義的概念。拿破崙所占據的農莊主屋，象徵著克里姆林宮，即便是現在，克里姆林宮對俄羅斯領導人而言仍然極為重要——儘管，他們背棄了馬克思主義、並扭曲共產主義的精神，自創出一套見解，還硬把它塞進人民的喉嚨裡。

第七章

這次的濺血屠殺場面，加害者是豬和狗，是動物殺戮動物的局面，因而恐怖指數對動物們來說更甚以往。

chapter 7

第7章

今年的冬天真是寒冷又愁苦。起初，暴風雨夾雜著雪和冰雹無情地落下，然後又遭遇嚴重的霜害直到二月份才回暖。

所有的動物為了重建風車無不盡力趕工，他們很清楚，外界的眼光此時都聚集在自家的農莊上，倘若風車未能如期完成，那些小心眼又善妒的人類，肯定會趁機幸災樂禍地大做文章。

不安好心眼的人類假意懷疑是雪球破壞了風車，他們表示，風車之所以會倒塌是由於牆壁太過薄弱的緣故。儘管動物們並不認同這樣的說法，但最終仍決定將牆壁的厚度從原來的一點五英尺增厚至三英尺；換句話說，他們將需要更多的石頭。可惜，採石場被大量的積雪掩埋了許久，什麼事也沒辦法做。

隨後報到的乾冷天氣則讓工作稍有進展，但過程卻非常艱苦，動物們也不再像從前那樣滿懷希望。他們總是饑寒交迫，唯獨巴瑟和柯洛芙未曾喪失信心。阿尖經常三不五時地發表精彩言論，主題多半是「勞動帶來的喜樂與尊嚴」，可是相較之下，巴瑟那奮力拚搏、永不放棄地嘶喊著「我會更努力地工作」畫面，更令其他動物深感激勵，以及為之動容。

一月份的時候，發生了食物短缺的情形。配給的穀子大幅減少，動物們被告知可獲得額外發放的馬鈴薯做為補償。但不久又有壞消息傳來——由於覆蓋的乾草和泥土不夠密實，絕大多數堆放其上的馬鈴薯都已凍傷而變軟腐爛，僅剩下一小部分的馬鈴薯能夠食用。曾有好幾日，大夥除了穀糠和甜菜，沒有別的東西可吃。

饑荒魔神，正在他們的背後虎視眈眈。

然而對外封鎖這道消息，則至關緊要。先前動物農莊遭遇了風車倒塌的挫敗之後，人類便藉此壯大聲勢，編造出新的謊言以抹黑動物農莊。內容聽來多是老調重彈，說動物不是又餓又病，在死亡邊緣掙扎；就是自相殘殺，以同類和幼獸為食。

拿破崙心知肚明，缺糧的真相若曝光將會造成什麼樣的後果，因此，他決定利用溫普爾散布與現況相反的假象。打從溫普爾開始每個星期一固定來訪迄今，動物們幾乎不曾和他接觸，現在，則必須逆向操作。

拿破崙挑選出一小群以羊為主的動物，指示他們在溫普爾聽力所及的範圍內，刻意閒聊有關糧秣增加的話題。此外，拿破崙又命令動物們將貯藏棚裡已然空虛見底的箱子裝入接近全滿的沙子，然後在表層舖置僅存的穀糧食材。接著，又巧妙設計一些理由引導溫普爾穿越貯藏棚，特意讓他瞥見那堆箱子。他果然上當了，毫不懷疑地繼續向外界表明——動物農莊絕無缺糧的問題。

不過，快到一月底時，農莊果眞糧盡援絕；很顯然地，再不設法取得糧食就會完蛋。

這段期間，拿破崙鮮少在公開場合現身，他鎭日神祕兮兮地待在農莊主屋裡，每道門皆派駐惡犬看守。即便好不容易終於亮相，也必定擺出長官視察的排場，由六條狗組成的貼身衛隊嚴密地保護著他，任何動物想靠近，立刻招致一陣怒目狂吠。拿破崙甚至連星期天的早晨也不常露面，分派任務的差事統統交給其他的豬代理，而通常是由阿尖負責發落。

某個星期天早上，阿尖宣布——徵收母雞即將產出的下一批雞蛋。原來，透過溫普爾的牽線，拿破崙稍早已經同意一紙「每週供應四百顆雞蛋」的合約。這項買賣所得收入，將能支付穀糧和食材的費用，維持農莊的運作直至初夏，到那時，情況應該可以獲得改善。

母雞們聽聞此事，群情激昂地表達反對立場。事實上，不久前拿破崙曾提醒她們或許有必要做出這樣的犧牲，只是，誰也不敢相信如今竟然眞的發生了。畢竟春季來臨時，用來孵化小雞的蛋才剛準備好，也難怪她們會氣憤地抗議，說現在拿走雞蛋，簡直形同謀殺！

這是瓊斯被驅逐之後，第一次出現造反傾向的行爲。三隻年輕的黑密諾卡雞帶頭運作，她們決定不讓拿破崙稱心如意。母雞的反制方法是飛到椽上產蛋，任其掉落地面摔得支離破碎。

拿破崙得知雞群騷亂，立刻施予嚴厲懲戒。他下令停止供應糧食給雞群，任何動物只要被抓到私自援助雞群，哪怕僅僅只是一顆穀子，都要被判處死刑；而殺生的任務，就交由犬衛隊執行。

雞群堅持了五天，最終還是投降，回到棚架裡的窩巢。有九隻雞在抗爭的過程中陣亡，那些屍體被集中埋在果園，然而農莊對外的說法是——她們死於雞瘟。這場風波，溫普爾毫不知情，雞蛋亦如期交貨，雜貨店的廂型車依約，每週前來載運一次雞蛋。

與此同時，雪球的行蹤亦成謎。謠傳，他所藏匿的地點正是附近的某座農莊，若非濱田，即爲狐木。

最近，拿破崙與其他農莊的關係，相較於過去，轉變得和睦許多。碰巧，農莊的空地上放置了一堆十年前整理櫸木樹叢時所遺留的木材，如今已完全乾燥；溫普爾建議拿破崙賣掉它們換取現金，皮金頓先生和菲德列先生無不爭相表示有意購買。

拿破崙陷入兩難，猶豫不決。每當眼看就要和濱田農莊的菲德列先生達成交易，雪球躲在狐木農莊的風聲便開始甚囂塵上；反之，當與狐木農莊的皮金頓先生洽談至關鍵階段時，各種情報便轉而指出雪球疑似隱身於濱田農莊。

突然，初春時，一則繪聲繪影的流言引爆了大家的恐懼——聽說，雪球經常在晚上神不知鬼不覺地回到動物農莊！

動物們對此無不萬分憂慮而難以成眠。據稱每天夜裡，他會幻化成闇黑的一部分，侵入農莊，大肆胡作非爲——他偷拿穀子，翻倒牛奶桶，打破雞蛋，踩爛苗圃，啃掉果樹皮。無論出了什麼差錯，全都推給雪球，顯然變得越來越合乎情理。

例如，發現窗戶損壞或排水管堵塞，難保不會有動物說是雪球半夜搞的鬼。假使貯藏棚的鑰匙弄丟，農莊裡的所有動物必然直覺認爲是雪球將它扔進了井裡，而即便後來在麵粉袋底下找到了誤放的鑰匙，大夥仍舊偏執地相信，此事和雪球絕對脫不了關係。幾頭母牛更信誓旦旦供稱，雪球趁她們睡覺時偷擠了牛奶。就連冬天時專門製造麻煩的老鼠，也被歸類爲雪球的同黨。

拿破崙自行裁定，應該全面調查雪球的犯罪行爲。他在犬衛隊的隨同下，針對農莊的舍房區展開了地毯式搜索，其他動物無不小心翼翼地保持距離跟隨在後。每走幾步，拿破崙便停下腳步，東嗅西嗅地試圖尋找雪球殘留在地的跡證；他還表示，要辨識出雪球的氣味，其實並不困難。

拿破崙聞遍了大穀倉、牛棚、雞舍、菜園等每個角落，發現雪球的蹤跡簡直無所不在。他總是先將鼻子湊近地面，深深地吸入幾口氣，隨後暴怒地大吼道：「可惡的雪球！他來過這裡！我可以嗅出他的味道！」狗群一聽見雪球這個名字，全都發出了恐怖的低嚎，猙獰地齜著牙咧著嘴。

動物們被嚇得魂不守舍。雪球彷彿成了一股四處彌漫的無形邪惡力量，其中暗藏的危險令他們備感威脅。傍晚時，阿尖召集大家，從他神色驚慌的樣子看來，八成有重要的訊息要宣布。

「同志們！」阿尖昂首高呼，還緊張地蹦跳了一下，「最可怕的事情發生了！雪球已經出賣自己的靈魂，加入了濱田農莊的菲德列先生，而此人目前正在研擬攻擊計畫，打算從我們手中搶回農莊！

「一旦他發動突襲，雪球將擔任他的戰術顧問。更糟的是，我們一直以爲雪球的造反大業是由於虛榮心和野心作祟，然而，我們錯了。各位同志，你們知道眞正的原因嗎？

「原來，雪球和瓊斯打從一開始就串通好了，他是瓊斯派來臥底的暗樁。不久前，我們曾找到雪球當初遺留下來的一些文件，其中的記錄可以證明我所言不假。

「同志們，依我的看法，這剛好解釋了許多的疑問。在牛棚之役的時候，大家不是親眼目睹他差點陷我方於失敗潰逃的絕境嗎？但幸好，並未成功。」

這一席話嚇傻了所有的動物們。和如此卑劣的詭計相比，破壞風車根本就是小巫見大巫。大夥花了好幾分鐘才回過神來。畢竟他們還記得，或者以爲自己記得——看見雪球於牛棚之役中領軍衝鋒、鍥而不捨地奮戰，爲大家帶來了勇氣，即便瓊斯發射的子彈劃過他的脊梁，也絲毫不退縮。

就這樣，硬把雪球和瓊斯的共犯結構關係扯到八百年前，乍聽之下實在有點牽強。連一向很少提問的巴瑟，此刻都顯得遲疑。他的前腳屈膝臥下，閉上雙眼埋頭苦思，努力整理自己的思緒。

「我不相信。」他說，「雪球在牛棚之役的英勇表現我全看在眼裡，打了勝仗之後，我們不是立刻頒給他『動物英雄一級勛章』嗎？」

「是我們看走了眼，同志。根據雪球遺留下來的文件記載，他所做的一切，無不是爲了誘使我軍掉進死亡陷阱而做的布置，我們卻直到如今才明白。」阿尖表示。

「但是，他當時受傷了，」巴瑟說，「大家都看見了，儘管鮮血直流，他仍然拚戰不懈。」

「那是劇情安排的一部分！」阿尖拉高音調地叫嚷著，「瓊斯的子彈僅僅不過造成擦傷罷了。如果你看得懂字，我可以讓你瞧一瞧文件，這些內容，雪球全寫在裡面。像是，他如何利用衝突的混亂場面釋出訊號，加以脫身，再順勢將戰局交給敵人；而情況，也幾乎如他所願。

「各位同志，我敢說，若不是我們驍勇善戰的領袖——拿破崙同志的力挽狂瀾，雪球的陰謀恐怕早已得逞。你們難道忘了，當瓊斯一夥人闖進庭院之後，雪球頭也不回地拔腿就跑，有許多動物還跟著他逃命？

「你們難道忘了，當恐慌開始蔓延，我方潰不成軍的那一刻，是拿破崙同志挺身而出，大喊一聲『消滅人類』，緊接著他便咬住了瓊斯的腿？各位同志，你們一定不會忘記這一切，對吧？」阿尖講得口沫橫飛，激動地跳過來又蹦回去。

在阿尖栩栩如生的描述之下，動物們回想當時戰役的經過，似乎是這樣沒錯。至少，大夥確實記得雪球在混戰中掉頭逃跑那件事，可是，巴瑟依然難以釋懷。

巴瑟終於開口說道：「我不相信雪球原本就是一個叛徒。儘管他後來的行爲無可原諒，但我確定在牛棚之役的時候，他是一名好戰友。」

「我們的領袖，拿破崙同志，」阿尖的態度轉爲強硬，逐字逐句緩慢地說，「已經做了明確、非常明確的聲明，也就是──雪球自始至終，都是瓊斯的爪牙。是的，各位同志，早在造反起義的概念浮上檯面之前，雪球，便背棄了我們。」

「噢，那就另當別論了。」巴瑟豁然開朗地表示，「如果拿破崙同志這麼說，八成不會有錯。」

「這才是正確的態度，同志！」阿尖滿意地拉高嗓門回應著，然而，其他動物也注意到他的眼神閃爍，流露凶光地望著巴瑟。

正準備離開之際，阿尖走到一半，又停下腳步，加強補充道：「爲了愼重起見，在下要提醒農莊裡的所有動物，大夥務必睜大眼睛，保持警覺。我們有足夠的理由懷疑，雪球的臥底使者正藏匿於你我之間。」

四天之後，臨近傍晚時分，拿破崙下令全體動物前往庭院集合。待大夥都到齊了，拿破崙隨即從農莊主屋中現身，他佩戴著兩枚勛章（那是他最近授予自己的「動物英雄一級勛章」和「動物英雄二級勛章」），九條狗則雀躍地跟在他身旁，而且不時地低吼示威，其他動物不禁感到背脊發涼。

大夥靜默地擠在一塊兒，絲毫不敢亂動，似乎有種快要大難臨頭的預感。拿破崙嚴肅地站著，以目光掃視眼前的聽眾；突然間，他發出了尖銳的哨聲。狗群立刻衝出，咬住四隻豬的耳朵，將他們拖行至拿破崙的腳邊，疼痛與恐懼的悲鳴此起彼落著。豬的耳朵滲出了血，凶惡的狗群噬血之後變本加厲，簡直瀕臨瘋狂。

下一幕更令大夥瞠目結舌，其中竟有三條狗撲向了巴瑟。巴瑟見他們來襲，巨蹄猛然一踹，從半空中攔下其中一隻，將他踩在地上。那隻惡犬發出慘叫聲求饒，另外兩條狗則夾著尾巴躲了起來。巴瑟雙眼直視著拿破崙，想知道腳下的一條狗命究竟該留，還是乾脆壓碎他。拿破崙臉色一沉，怒斥巴瑟放開那條狗，只見巨蹄微微抬高，鼻青臉腫的狗，於一陣哀嚎聲過後，逃竄無蹤。

這場騷動過沒多久便平息了下來。

四隻豬渾身發抖地等候宣判，憂心忡忡的表情顯然自知罪證確鑿——他們，就是當時反對拿破崙取消星期天莊園會議的那四位成員。如今，拿破崙逼迫他們坦承自己的犯行。

在尚未受到進一步的指示之前，四隻豬已經火速供認，打從雪球被放逐之後，他們立即化明爲暗地與他保持聯絡，並通力合作拆毀風車，亦達成協議要將動物農莊奉送給菲德列先生。他們還加碼爆料雪球私底下曾吐實，說他擔任瓊斯的暗樁已經好幾年了。話才剛說完，四隻豬的咽喉立刻遭到狗群的利牙撕裂，共赴黃泉去了。

拿破崙有如走火入魔一般，繼續詰問全體動物是否還有其他罪狀要招供。賣蛋風波期間，曾主導抗爭、試圖造反的三隻母雞於此時站了出來。她們自陳，曾在夢境中聽從雪球的唆使，違逆拿破崙的旨意；母雞們的下場，同樣是死路一條。

緊接著輪到一隻鵝懺悔道，去年收成的季節裡，他曾偷藏了六穗的穀子，並在當晚吃進了肚子裡。

一頭母羊承認自己曾經在水池裡頭撒尿，她說，是因爲受到雪球的慫恿才會這麼做。

隨後，有兩頭羊坦言謀殺了一頭堅貞信奉著拿破崙的老公羊，他們在老公羊咳嗽個不停、身體不適的時候，不停地繞著篝火，追著他跑。

這些自行招供的動物全都無一倖免，統統被就地正法。供述和死刑不斷地交替進行著，直至屍體在拿破崙跟前堆成一座小山。空氣中，四處飄散著濃厚的血腥味，打從瓊斯遭到驅逐後，還未曾見過如此慘烈的情況。

待一切結束，除了豬和狗，剩下的動物無不躡手躡腳地一塊兒離去。他們感到震撼與悲戚。大夥已經不知道，到底是那些變了節、與雪球結盟的戰友比較可怕，還是剛才的殘忍懲罰？

過去，類似的濺血屠殺場面也曾經常上演，但這次的加害者卻是自己的同類，因而恐怖指數對動物們來說更甚以往。自從瓊斯離開農莊的那一刻至今，再也沒出現過動物殺戮動物的局面，就連一隻老鼠都未曾因此而失去生命。

不知不覺間，他們全體走到小圓丘上那已完成近半的風車工地，大夥動作一致地紛紛躺臥下來，挨著身體，靠在一塊兒取暖。除了貓，柯洛芙、妙麗、班傑明、幾頭母牛、幾匹羊、一群鵝，以及母雞……所有的動物都在這裡。事實上，貓在拿破崙下令集合的時候，便突然消失了。

時間過了許久，大夥仍然沉默無語。唯獨巴瑟依舊站立著，煩躁地來回踱步，一邊甩動他黝黑的長尾巴拍打著身體兩側，偶爾，還因情緒激動而低聲嘶鳴。終於，他開口說道：「我不懂。我眞的無法相信，我們的農莊會發生這樣的事。我們一定是什麼地方做錯了。依我看，解決的方法只有一個，那就是更努力地工作。從現在開始，我每天將再提早十五分鐘起床。」

巴瑟步伐沉重地離開了，朝採石場的方向走去。才剛抵達，便連續搬運兩車的石頭至風車工地，直至入夜才歇息。

動物們則全都挨在柯洛芙身旁，大夥仍然一句話也沒說。

從他們所在的小圓丘上，可以遠眺整片田野，動物農莊的草木房舍亦盡收眼底——只見，長條形的牧場延伸至大馬路邊，曬草場、樹林、飲水池、耕地長滿了青綠茂密的小麥幼苗；農莊裡，有好幾面紅色屋頂上的煙囪，正冒著縷縷輕煙。

這是一個明朗澄澈的春日黃昏。

夕陽放射出水平光束，爲草地和樹籬鍍上一層金黃。

此刻動物們恍然省悟，驚覺自己竟然從未注意到農莊是這般美好，而且農莊的每一吋土地全是大夥一起打拚掙來的。

柯洛芙從山坡上往下望，忍不住熱淚盈眶。假使要她表達內心的想法，她會說——「這並非幾年前動物們決定推翻人類統治時所設下的目標。梅傑老爺鼓吹他們造反起義的那個晚上，大夥心裡想像的未來，絕對不包括今天所爆發的恐怖屠殺事件。」

倘若她曾對農莊懷有什麼樣的憧憬，那必定是個「動物一律平等，免於饑餓與鞭打，各司其職，各有所用，少壯照顧老弱」的社會。梅傑老爺發表演說的那個夜晚，她之所以用自己的前腳護住一群小鴨的舉動，也是基於這樣的精神。然而，她不明白，如今爲何陷入「誰都不敢講實話，四周隨時有惡犬巡邏低吼，還必須眼睁睁看著自白有罪的同伴被撕成碎片」的處境。

她沒有絲毫反叛或抗命的念頭。柯洛芙非常清楚，即便現狀不忍卒睹，比起過去瓊斯當家的時期已然好上太多，更何況，目前最要緊的是防止人類再度來犯。因此，無論接下來事態將如何演變，她還是會繼續堅持信念，辛勤工作，貫徹被賦與的任務，服從拿破崙的領導。

儘管有此覺悟，但這些遭遇，絕非她和其他動物原本的期盼與目標，也不是他們建造風車、甚至冒險挑戰瓊斯的槍彈所追求的願景。她的感觸很多，只可惜認識的字彙太少，而無法以言語翔實地說明。

最後，柯洛芙發覺，或許可採取某種方式替代那說不出的思緒。她開始唱起了〈英格蘭的獸族們〉這首歌。此時，坐在她身邊的其他動物也跟著一起唱和，大夥一共唱了三遍──音調如此和諧，卻緩慢而悲傷，他們，從不曾如此唱過這首歌。

才剛唱完第三遍，阿尖就帶著兩條狗走近他們，一臉故弄玄虛的模樣。他宣布──根據拿破崙同志頒布的一項特別法令，〈英格蘭的獸族們〉這首歌正式被廢除，自即日起，禁止任何動物加以唱誦。

大夥聽了，全都嚇一跳。

「爲什麼？」妙麗問道。

「我們不再需要它了，同志，」阿尖傲慢地說，「〈英格蘭的獸族們〉是我們造反時所唱的歌，現在，造反大業終於成功了。今天下午處決叛徒，便是末段的收尾行動，內部與外界的仇敵全都被一舉消滅了。從前，我們藉著〈英格蘭的獸族們〉這首歌表達對未來社會進步與繁榮的渴望，那個社會如今已然建立，這首歌當然也就失去意義。」

動物們都很害怕，有些動物甚至企圖提出異議。但此刻，眾羊又如往常般「四條腿好，兩條腿壞」地一陣亂叫，如此持續了好幾分鐘，反對禁歌的抗辯，就這樣在吵吵鬧鬧的情況下不了了之。

從此，農莊裡再也不曾聽見〈英格蘭的獸族們〉的歌聲飄揚，而改由詩詞才「豬」小漢所創作的另一首歌取代，新歌內容如下——

動物農莊，動物農莊，
我必永遠不令汝遭受損害！

每個星期天早上，在升旗典禮過後，全體動物便改爲唱誦這首歌。可是不知道爲什麼，動物們總覺得，它的詞曲和〈英格蘭的獸族們〉相比，落差頗大。

第八章

動物們來到風車曾經矗立的地方，停下腳步默哀。是的，它消失無蹤了。大夥齊心協力打拚的成果，到頭來，竟一點痕跡也不留。

chapter 8

第8章

幾天後，上次行刑所造成的恐懼稍減。

某些動物記起來，或者自以爲記起來，七誡中的第六條誡規是——「任何動物都無權奪取其他動物的生命」。儘管如此，大夥還是小心謹慎地談論，避免被豬和狗聽見；不過，他們確實懷疑，前幾天的殺戮行爲牴觸了這條誡規。

柯洛芙請班傑明唸第六條誡規給她聽，但班傑明還是那副老樣子，拒絕介入類似事務，於是她轉而求助於妙麗。妙麗幫忙唸出了這行字——「**任何動物都無權奪取其他動物的生命**除非另有原因」，動物們對倒數那六個字，有種不確定的陌生感。可是，現在眼見爲憑，看來豬和狗並沒有做出違反誡規的情事，處決和雪球結盟的那些叛徒，無疑有正當的理由。

爲了重建風車，這一整年下來，動物們比去年更加賣力工作。相較於之前的風車，不僅牆壁得築成兩倍厚，還必須在指定日期之前完工，更別說還有農地裡例行的粗活要做，大夥的勞力負擔非常沉重。

動物們數度面臨工時更長、糧食配給卻和從前瓊斯當家時差不多的窘境。每個星期天早上，阿尖會用他的蹄夾著一張長條狀的紙，向大家公布一堆數據，證明每種食品依據不同的類別，產量各增加了兩倍、三倍或五倍。大夥認爲這沒什麼好懷疑的，更何況，他們幾乎已經忘了造反起義之前的情形。不過，動物們有時還是寧願——數字少一點，而食物多一些。

如今，所有的命令都由阿尖，或豬集團裡的其他成員下達。拿破崙依舊每兩個星期才公開露臉一次。近來，當他出現時，除了犬衛隊隨侍兩側，又增加了一隻黑色公雞領頭，踢著正步，專門在拿破崙開口說話之前，如小號手般發出「喔咿喔」的高亢啼聲。

據說就連在農莊主屋中，拿破崙也和其他的豬有所區隔，享有自己專屬的生活空間。他總是獨自用餐，而且使用客廳玻璃櫥櫃裡的精緻陶瓷餐具，並安排兩條狗於一旁等候。還有一項新規定是——每年，拿破崙生日當天得鳴槍慶賀，就像另外兩個紀念日一樣。

此外，如今直呼拿破崙的名字已是不被允許的行爲。只要提到拿破崙，就必須正式稱他爲「我們的領袖拿破崙同志」，但也有許多同類喜歡替他發明一些頭銜如動物之父、人類煞星、羊欄守護者、小鴨盟友等等。阿尖演說時，經常淚流滿面地讚頌拿破崙的智慧與善良，以及他對世界上所有動物的深切關懷，尤其是其他農莊裡，那些至今仍受到漠視和奴役的可憐動物。

將任何成就和幸運歸功於拿破崙，逐漸變得稀鬆平常。你會不時聽到一隻母雞對另一隻母雞說：「多虧了我們的領袖拿破崙同志的庇佑，我在六天之內生了五顆蛋。」或者，是兩頭正在池邊飲水的母牛異口同聲地表示：「感謝我們的領袖拿破崙同志，這水，喝起來美味極了！」農莊的整體氛圍，可用一首由小漢所作、名爲〈拿破崙同志〉的詩來呈現，內容如下——

孤兒的摯友！
幸福的泉源！
掌管糧食的神！啊，我的靈魂澎湃！
當我凝視著您沉靜威武的眼，
有如天空中的太陽，

拿破崙同志！

汝是萬物敬愛的施予者，
每日的豐盛兩餐，潔淨的稻草眠床；
無論大小禽或獸，
各自安睡其窩棚，
眾生全有您看守，
拿破崙同志！

我家若有小乳豬，
在他長大之前，
就算小如擀麵棍或牛奶瓶，
也要忠誠堅貞地尊崇您，
是的，他的開口第一聲哭喊必定是——
拿破崙同志！

拿破崙很欣賞這首詩，指示道，將它題在大穀倉正對著七誡的那面牆上，剛好位於一幅阿尖以白漆描繪的拿破崙側身肖像下方。

與此同時，透過溫普爾的居間仲介，拿破崙持續忙著和鄰近兩座農莊的主人皮金頓、菲德列進行複雜的交涉——那一整堆閒置的木材，至今仍未售出。菲德列先生是二人之中較積極的一方，可是，他提出的價格卻缺乏誠意。

此時，從前就曾聽過的一則舊八卦，再度四處流竄——傳聞，菲德列和他的手下正計畫襲擊動物農莊，摧毀那座令他十分嫉妒眼紅的風車。消息也指出，雪球正藏身於濱田農莊。

夏天過了一半左右，動物們又惶恐地得知，有三隻母雞自白坦承受到了雪球的影響，曾加入刺殺拿破崙的陰謀。她們被當場處決，而維護拿破崙人身安全的新措施亦立刻啓動——四條狗奉派守衛他夜晚睡覺的床，分別於四個角落警戒著；而有隻名叫眼紅紅的年輕小豬，專門負責在拿破崙用餐前試吃食物，以防大家的領袖拿破崙同志遭到下毒。

約莫此時又有風聲走漏，說拿破崙打算把整堆木材賣給皮金頓先生；不僅如此，拿破崙也準備和對方簽訂長期的合作協議——日後，動物農莊和狐木農莊將依約交換特定的產品。

儘管雙方乃藉由溫普爾進行溝通聯繫，但拿破崙和皮金頓之間現在的關係可謂一團和氣。然而，動物們並不信任皮金頓這個人，只是比起令他們又怕又恨的菲德列，還是好上許多。

夏天慢慢地過去，風車的建造已接近完工，「陰險偷襲行動迫在眉睫」的謠言甚囂塵上——據聞，菲德列將帶領二十名持槍的壯丁來犯，還買通了法官和警察，一旦他奪回動物農莊的地契，將沒有人會多過問。

更糟的是，濱田農莊裡，某些關於菲德列殘酷對待動物的驚悚內幕也於此時曝光了——他用鞭子活活打死一匹老馬；讓牛群餓死；把一條狗扔進火爐裡燒死；還在雞的爪子上綁剃刀碎片，於夜間進行鬥雞，以爲娛樂。

動物們聽聞竟有如此的厄運降臨在自己的同志身上，無不感到怒血沸騰。他們經常叫囂著請求准許一起進攻濱田農莊，驅離人類，以解救動物。不過，阿尖告訴大家，務必相信拿破崙同志的策略，避免魯莽的行動。儘管阿尖努力地解釋著，動物們反對菲德列的聲浪依舊高漲。

星期天一早，拿破崙來到大穀倉，說明自己從不曾考慮把那堆木材賣給菲德列。他振振有詞地說，和這種流氓打交道，有損他的尊嚴。因而，截至目前爲止仍持續執行、宣揚著造反情報任務的鴿子，日後將嚴禁降落在狐木農莊境內，舊口號「消滅人類」也改成了「消滅菲德列」。

夏末時，雪球的另一項詭計，又赤裸裸地顯露在這群動物眼前。

小麥田裡混雜地長出了許多野草，他們調查之後發現，是雪球利用某天夜晚偷偷闖入，將野草的種子加進了穀子當中。一隻與此行動有關的公鵝，出面向阿尖請罪，隨即吞下一種致命的茄類漿果自殺。

此時此刻，動物們總算釐清了一件「與他們至今爲止，認知完全相反」的事實，那就是——雪球從未獲得「動物英雄一級勛章」，這，不過是牛棚之役結束後不久，雪球自行散布的假消息。打從受勛的那一刻起，針對他在戰鬥中過於懦弱的指責便不絕於耳……部分的動物聽聞了以上的種種說法再度心生困惑，可是，阿尖的三寸不爛之舌，很快便讓這些動物相信自己的記憶並不正確。

秋天轉眼到來，和農作物的收割、採集幾乎同步。在動物們拚死拚活、賣力趕工之下，風車終於竣工。

此時，機械設備還未安裝上去，因爲溫普爾仍在協調購買事宜，不過，結構主體總算是完成了。歷經重重困難，儘管經驗不足、器具落後、運氣欠佳，以及雪球的從中作亂，所有的工作仍然在期限內的最後一刻驚險達陣。雖然萬分疲憊卻無比驕傲，動物們不斷繞行著風車欣賞自己的傑作，它看起來比第一次興建時，更顯完美。

此外，牆壁的厚度也增加了一倍。這回除了炸藥，任何東西都別想擊垮它！當他們回想過去這段日子以來是如何辛苦地勞動，克服了多少的挑戰，而一旦葉片驅使發電機開始運轉之後，未來的生活將會產生怎樣的巨變……光是這些思緒，便足以令他們將所有的苦與累拋到九霄雲外。

大夥圍在風車四周盡情地雀躍嬉戲，發出了勝利的歡呼。拿破崙則帶著犬衛隊和黑色公雞，蒞臨視察成果。他向動物們表達恭喜祝賀，並當眾決定將這座了不起的建築命名爲「拿破崙風車」。

兩天後，動物們被召集至大穀倉參加一場特別會議。拿破崙宣布，他已經把整批木材賣給菲德列，大夥聽見時，無不因太過驚訝而目瞪口呆。翌日，菲德列便以貨車載走了木材。其實在這段時期裡，拿破崙與皮金頓之間的友好關係僅止於表面文章，他老早就在私底下和菲德列協商議價。

動物農莊與狐木農莊如今正式決裂。誹謗辱罵的訊息湧向了皮金頓，鴿子也接獲命令，以後必須避開濱田農莊，之前的口號由「消滅菲德列」再度改爲「消滅皮金頓」。同時，拿破崙還拍胸脯保證，動物農莊絕對沒有所謂迫在眉睫的外力威脅，有關菲德列殘酷虐待自家農莊動物的故事，根本純屬誇大不實；這則流傳不已的八卦，很可能是雪球及其同夥憑空揑造出來的。

依照目前的局勢判斷，看來，雪球並非躲在濱田農莊，事實上，他這輩子從來不曾去過那裡。事情的眞相是——雪球正住在狐木農莊，據說過著既奢華又舒適的生活，而打從許多年前，他便加入了皮金頓的陣營，助紂為虐。

眾豬無不對拿破崙的巧妙計策感到欣喜若狂。他先是假意與皮金頓交好，此舉迫使菲德列將購買木材的價錢提高為十二英鎊；由此可見，拿破崙的心思是何等卓越！

阿尖得意地說：「我們英明的領袖並不相信任何人，即便是菲德列也一樣。菲德列本來打算用一種叫做『支票』的東西付款，它看起來就像一張寫著『保證兌現』等幾個字的白紙。但是，拿破崙實在太聰明了——他要求以五英鎊的鈔票支付，並且在木材運走之前就必須先給錢。當然，菲德列已經付清了款項。他所支付的金額，剛好足夠替風車購買機器設備。」

值此之際，木材正迅速地被搬離現場。全部清空之後，大穀倉裡舉行了另一場特別會議——讓動物們檢視菲德列所支付的鈔票。

拿破崙滿臉笑容，還特意佩戴了他的兩枚勛章，靜臥在鋪著稻草的平臺上，身旁的紙鈔則整齊疊放於一只從主屋廚房拿來的瓷盤中。動物們列隊緩緩走過，大夥全都看得目不轉睛。巴瑟甚至用鼻子聞了一下，他的氣息吹揚起這疊白色的薄狀物品，發出沙沙的聲響。

過了三天，忽然冒出一陣激烈的喧鬧聲，溫普爾臉色慘白地騎著腳踏車一路飛馳而來，然後隨手一丟，把車扔在庭院的地上，直接衝進主屋裡。下一刻，拿破崙的房間爆發出一陣憤怒的咆哮。這件烏龍立刻如野火燎原般傳遍了整座農莊——鈔票是假的！菲德列沒花半毛錢，就騙走了所有木材！

拿破崙馬上召集全體動物，措詞嚴厲地宣判菲德列死刑，還說若逮住那人，便要活活煮了他。

拿破崙並警告動物們，人類無信背義的惡行背後必有更壞的事情即將發生。菲德列和他的手下隨時可能展開那計畫許久的偷襲。現在，通往農莊的各個路口均設下崗哨，以爲警戒。此外，有四隻鴿子奉派前去狐木農莊遞送和解訊息，希望能夠和皮金頓先生重建友好關係。

隔天一早，敵人大軍來犯。

當時，動物們正在吃早餐，衛哨火速趕來通報，說菲德列一夥人已經越過了五橫柵大門。動物們勇敢地出戰迎敵，不過，這一次他們並無法像牛棚之役那樣輕易獲勝。

對方有十五個人，約莫半數持槍，任何動物只要一進入五十碼的射擊範圍，立刻成爲這群槍手開火的目標。

可怕的槍響和要命的子彈，令動物們招架不住，儘管拿破崙和巴瑟試圖組織反撲的攻勢仍然無力退敵，不久，他們便敗下陣來。很多動物都受傷了，大夥紛紛利用農莊的房舍做爲庇護所，從門窗，或從牆壁的縫隙與孔洞偷偷查看外面的情況。

目前，整片牧場包括風車在內，全數落入敵人的手中。一時之間，似乎連拿破崙也無計可施，只見他不發一語地來回踱步，僵硬的尾巴急速地顫動。

此刻，只能將希望寄託於狐木農莊。如果皮金頓的人馬願意伸出援手，或許還有機會反敗爲勝。前一天，銜命出發的四隻鴿子在此緊要關頭返抵農莊，其中之一帶著皮金頓親自回覆的碎紙片，內容僅用鉛筆寫了兩個字——「活該！」

菲德列一夥人駐足停留在風車的周圍。

動物們持續在暗處觀看人類的一舉一動，沮喪灰心的低語逐漸蔓延開來。這時，有兩個人分別取出了鐵撬和大鐵鎚——人類打算拆毀風車！

「別傻了！」拿破崙高喊道，「我們把牆壁築得那麼厚，就算給他們一個星期的時間也不可能擊倒風車。別擔心，同志們！」

然而，班傑明仍然密切注意著那些人的動作。

那兩個手持鐵撬和大鐵鎚的人，在靠近風車地基的位置挖掘了一個洞。班傑明彷彿有所領悟，表情逗趣地緩緩點了一下頭。

「我知道怎麼一回事了。」班傑明說，「你們沒看見這些人正在做什麼嗎？等一下，他們就會把炸藥擺進那個洞裡。」

動物們只能恐懼地等待。目前的局面，讓他們根本無法冒險離開建築物的障蔽。幾分鐘過後，所有的人類全都各自跑開，隨之而來的是一聲炸裂巨響。鴿子緊急迴旋升空，除了拿破崙，其他的動物皆轉身仆臥於地。當他們再度站起，一團深黑色的煙霧籠罩在風車原本矗立的位置上。微風慢慢吹散了煙霧，風車，已不復存在。

此情此景讓動物們重拾了勇氣。眼前的卑劣暴行激起他們心中的怒濤，淹沒了剛才的絕望與害怕。復仇的吶喊剎那間劃破天際，反攻的命令還來不及下達，他們便傾巢而出，一同直衝敵陣。

與上一回不同，動物們不再畏懼那有如冰雹般迎面襲來的無情子彈。

這是一場野蠻慘烈的戰鬥。人類不斷地開槍射擊，若有動物逼近則用棍棒猛打、以皮靴狠踹。一頭牛、三隻羊，還有兩隻鵝於戰鬥中喪命，大夥幾乎全受了傷。就連在後方指揮的拿破崙也遭子彈削掉了一小截尾巴。

但是，人類同樣付出了不少代價——有三個人被巴瑟的巨蹄打得頭破血流，另一個人的肚子被牛角戳傷；還有一人的褲子差點被潔西和藍鈴扯下。平時負責護衛拿破崙的那九條狗，則奉命在圍籬的掩護下迂迴前進，緊接著冷不防地自敵軍的側翼冒出，並且狂吠；如此氣勢，讓眾人慌了手腳。人類忽然驚覺，己方可能陷入了被包圍的危險。

菲德列大聲吆喝，要所有人趁隙撤退，下一秒，這群膽小鬼便已各自飛奔逃命。動物們繼續追逐四散的殘軍敗將，直至來到農莊的邊界。當眾人使勁鑽過布滿荊棘的圍籬之際，從後方趕上來的動物還補踢了他們好幾腳。

動物們贏了，可是卻精疲力盡、滿身傷痕。他們跛著腳緩緩地走回農莊，沿途看見橫躺於草原上的陣亡同志，令他們之中的某些動物不禁感傷落淚。

他們來到風車曾經矗立的地方，停下腳步默哀。是的，它消失無蹤了。大夥齊心協力打拚的成果，到頭來，竟然一點痕跡也不留，就連地基也受到了部分的毀損。若要重建風車，勢必無法像上次那樣利用掉落在地的石塊——因爲這回，連石塊也不見了，爆炸的力量將它們噴飛至好幾百碼遠的距離之外。如今看來，風車好像從不曾存在過。

就在大家即將走回農莊的時候，在戰鬥中神隱不見蹤影的阿尖，忽然滿心歡喜地搖著尾巴，蹦蹦跳跳地走向他們。動物們聽見棚舍區那邊傳來了莊嚴肅穆的隆隆槍響。

「爲什麼要鳴槍？」巴瑟問道。

「慶祝我們的勝利啊！」阿尖拉高嗓門回答。

「什麼勝利？」巴瑟又問。他的膝蓋仍滴著血，蹄鐵少了一只，蹄子也裂了，十幾顆霰彈槍的鋼珠還殘留在他後腿裡。

「什麼勝利？各位同志，我們不是才剛把敵人趕出自家的領土，趕出了動物農莊這片聖域嗎？」阿尖興奮道。

「但是，人類已經把風車夷爲平地。我們不眠不休辛苦工作了兩年，卻換來如此的結果！」巴瑟悲憤地說。

「有什麼關係？我們會再造另一座風車。如果我們高興，再造六座風車也無妨。同志，你不明白我們的所做所爲是何等偉大！敵人曾經占領我們腳下的這塊土地，然而現在，都得感謝拿破崙同志的領導統御，我們，重新贏回了每一吋領土。」阿尖高聲地說道。

「你的意思是，我們贏回了自己原有的東西？」巴瑟再問。

「那是我們的勝利！」阿尖堅定地說。

動物們步履蹣跚地走進了庭院。嵌入腿裡的鋼珠，令巴瑟疼痛難耐。他的心裡很清楚，也準備好迎向從地基開始重建風車的艱鉅任務；不過此時，他生平第一次想到自己已經十一歲了，身上壯碩的肌肉或許不如以往強健。

動物們抬頭，看見那面綠旗飄揚，隨即又聽到鳴槍的隆隆聲，前後總共七響；緊接著，則由拿破崙發表談話勉勵大家……若不細究，這一切確實有如取得重大勝利之後的場景。於激戰中不幸喪命的那些動物被施以厚葬。巴瑟和柯洛芙拉著充當靈車的貨車，拿破崙則親自率隊走在最前面。

之後的整整兩天，他們不停地慶祝，不僅包括唱歌、演講等活動，更有多次的鳴槍助興。所有的動物都收到一顆蘋果做爲特別禮物，每隻鳥都被打賞兩盎司的穀子，每條狗皆招待三塊餅乾。拿破崙還設立了新的勛章，名爲「綠旗指令」，而且直接授予自己；同時，他也宣布將此次的激烈戰鬥命名爲「風車之役」。

在一片歡欣鼓舞的氣氛下，大家也就忘記先前鈔票出包的烏龍事件了。

經過數日，豬意外在農莊主屋的地下室找到一箱威士忌。自從他們搬進房子裡後，一直沒發現這些酒的存在。當晚，主屋迴盪著高分貝的歌唱聲，最令動物們訝異的是，〈英格蘭的獸族們〉這首歌竟隱約夾雜其中！

晚間九點半左右，有目擊者清楚看見，拿破崙頭戴瓊斯先生的一頂舊圓頂禮帽從後門跑出來，在庭院狂奔一圈之後，又衝進了房子裡。但是第二天清晨，主屋卻異常安靜，連半點聲響未曾聽見。接近上午九點，阿尖終於露臉，他的動作遲緩萎靡、眼神呆滯、尾巴下垂，一副重病纏身的模樣。他喚來了所有的動物，告知大家一樁哀慟的消息——拿破崙同志，快死了。

頓時，悲傷的哭喊四起。農莊主屋門外舖上了稻草，動物們全都踮著腳尖小心翼翼地走了過去。大夥無不眼中泛淚，互相問著彼此，倘若失去了領袖，該怎麼辦才好。這時又有謠言盛傳，其實是雪球企圖在食物中下毒謀害拿破崙的性命。上午十一點整，阿尖再度出面聲明，表示拿破崙同志臨死前頒布了一條嚴正的法令——飲酒者必須判處死刑。

然而黃昏時，拿破崙的病情似乎轉好。翌日早晨，阿尖告訴大家，拿破崙的情況良好，正在復原當中。到了晚上，拿破崙甚至開始工作了。又過了一天，動物們才知道，他已經委託溫普爾從威靈頓購買「有關釀造與蒸餾」的簡易參考手冊。

一個星期之後，拿破崙下令剷除當初規畫成退休動物之家、位於果園外側的那處小牧場。他的理由是，那裡的牧草幾近耗竭，需要重新植栽；不過，很快大夥就發現了拿破崙的眞正目的——他打算用這塊地種植大麥。

約莫同一段時間，農莊內發生了一件任誰都無法理解的怪事。

某天晚上十二點左右，庭院中發出了巨大的撞擊聲響，所有的動物趕緊從自己的窩棚奔至現場。那是一個月光皎潔的夜晚。大穀倉最內側、那面寫著七誡的紀律之牆旁邊，有一把斷成兩截的梯子散落於地。暫時喪失意識的阿尖橫躺在側，他的手邊有一盞燈、一把油漆刷，以及一桶打翻的白漆。幾條狗見狀，立刻上前圍成一圈護住阿尖，待他能夠起身行走，便一路護送他回到主屋。

沒有任何動物能理解這到底是怎麼回事，唯獨班傑明會意地點點頭，一副了然於心的樣子，但是，他半個字也沒說。

數日之後，妙麗又重新讀了一遍七誡。

她注意到，原來大家都記錯了其中一條誡規，動物們始終以爲第五條誡規是「任何動物都不該喝酒」，然而大夥都看漏了最後兩個字，事實上應該是——「**任何動物都不該喝酒**過量」。

第九章

許多動物都相信所謂的「糖果山」幸福國度。他們當下的生活只有饑餓與艱困可以形容，而世上如果存在著一個更好的地方，不也是合情合理的事嗎？

chapter 9

第9章

巴瑟蹄上的傷勢，需要好一段時間才能復原。風車的重建工事，於慶祝大會結束後隔天展開，但巴瑟連一天也不願缺席，他不希望其他動物看出他身體上的痛苦，並視此爲榮譽的象徵。

有好幾個傍晚，巴瑟向柯洛芙承認，蹄傷令他感到十分困擾。柯洛芙便將藥草咀嚼成泥，敷在巴瑟受傷的蹄上，她和班傑明都勸巴瑟別太拚命工作。「馬肺可不是鐵打的。」柯洛芙對他說。但巴瑟聽不進去，他說，自己僅剩下一個雄心大願，那就是，退休之前，親自確認風車的工程順利上軌道。

在動物農莊的律法形成之初，關於退休年齡的設定分別爲——馬和豬是十二歲，牛是十四歲，狗是九歲，羊是七歲，雞和鵝是五歲。當時，大家也一致同意未來將慷慨發放老年退休金。話雖如此，迄今仍未有任何動物眞正領到老年退休金；不過，最近大家愈來愈常討論這個話題。

如今，果園外的那一小塊地要變更用途，改爲種植大麥。謠傳，大牧場的某個角落將會圍起來，改闢成退休動物休憩區。聽說，一匹馬每天可獲得五磅的穀子，冬天則是十五磅的牧草，例假日額外發放一根紅蘿蔔，有時說不定是一顆蘋果。至於巴瑟，明年夏末，他即將迎來自己的十二歲生日。

這段時期，動物們的生活依舊艱苦。冬天和去年一樣冷，缺糧的情形甚至更加嚴重。除了豬和狗，食物的配給量再度遭到刪減。「糧食的分配若過於死板板的公平，」阿尖解釋道，「將違背動物主義的基本原則。」

無論任何狀況，阿尖總能輕鬆愉快地哄騙大家，說食物其實並沒有減少。的確，在這艱難的時刻，食物的配給量自然不得不進行調整（阿尖總是說「調整」而非「調降」），但和過去瓊斯當家的時期相比，仍算大有進步。

阿尖用他那高八度的聲音快速唸出了一堆數字，列舉各項明細向大家證明，對照瓊斯當家時期的糧食配給情形來看，現在——燕麥變多，牧草變多，蘿蔔變多，工時變短，飲水品質變好，壽命變長，幼崽存活率變高，窩棚裡的稻草也變多，跳蚤則變少了。

阿尖說的一字一句，動物們皆信以爲眞。說實話，所有和瓊斯有關的事物，他們幾乎都快要記不得了。動物們只知道，目前的生活困頓，他們經常挨餓受凍，除了睡覺，就是工作。但不可諱言的是，過去的日子更加難熬——他們心中寧願如此相信。況且，那時的身分是奴隸，如今他們終於成爲自己的主人，這才是最重要的；當然，阿尖也不會忘了強調這一點。

然而，動物們現在還多了一票新成員需要餵養。今年秋天，四隻母豬約莫同時先後產下了共三十一隻小豬。小豬身上帶有斑紋，而拿破崙則是農莊裡唯一的種豬，小豬們的父親是誰，很容易便能猜得出來。

不久，拿破崙又宣布，要在主屋的花園中蓋一所學校，並且已經購入磚塊和木材。在此過渡時期，這群小豬就在主屋的廚房裡由拿破崙親自教育。花園則是他們從事戶外活動的場地，小豬若和其他動物的幼崽玩耍，便會受到阻攔。最近還冒出了一項新規定——任何其他的動物於行進間和豬相遇時，必須讓開站到一旁：此外，所有的豬，不分階級，皆享有星期天在尾巴綁上綠緞帶的特權。

過去這一年，農莊的運作尚稱良好，可是金錢收入依然不足。

建造校舍所需的磚塊、沙、石灰都在採買清單上，同時也要開始存錢，準備支應稍後購入風車機器設備的款項。接下來還有燈油和蠟燭、拿破崙專屬的糖（他禁止其他的豬吃糖，理由是容易使身體發胖），以及常用的備品如釘子、繩索、煤、鐵絲、廢鐵，以及狗餅乾等東西需要添購。

剩下的稻草和部分收成的馬鈴薯已經售出，雞蛋的合約亦改爲每週六百顆，但因此造成母雞無法於該年份孵出足夠的小雞，以維持雞群整體的數目。

十二月的配糧才剛減量一次，到了二月又下調一次。而爲了節省煤，油棚廄裡也不允許點燈。然而，豬的情況看起來仍不算太壞，畢竟再怎麼說，他們的體重確實增加了一些。

二月底的某個下午，有一陣動物們從不曾聞過、溫暖濃郁得令大家忍不住想流口水的香氣，從廚房後方一間自瓊斯當家時期便已廢棄不用的釀造小屋逸散而出，隨著風穿越庭院飄來。

有隻動物說，那是烹煮大麥的味道。動物們全都饑腸轆轆地嗅聞著空氣，猜測晚餐是否會有熱騰騰的麥麩可吃。結果，麥麩並未出現，反倒是接下來的星期天公告了一項措施——明文規定，往後所有的大麥將保留給豬使用。

過沒多久，內幕消息不慎走漏，據說，每隻豬每天可分配一品脫的啤酒，大家的領袖——拿破崙同志的額度則是每天半加侖，而且總是以精緻的陶瓷湯碗裝盛，供他飲用。

不過，生活難免會有必須承受的苦難，這個時候，動物們只要想起現在的日子過得比以前更有尊嚴，心中便深感寬慰許多。

歌唱、演講、遊行活動愈來愈多。拿破崙甚至下令每週舉辦一次名爲「自發性精神展示」的活動，目的是慶祝動物農莊的奮鬥與勝利。每當指定的時間一到，動物們就必須放下工作，以部隊的編排方式繞行整座農莊，由豬帶隊，再來是馬，接著是牛和羊，最後是家禽。

狗走在部隊的兩側，拿破崙的黑色公雞，則步伐昂揚地在最前方領頭邁進。巴瑟和柯洛芙依照慣例一左一右地拉著一幅綠色橫旗，上面畫了一隻蹄和角，底下還寫上「拿破崙同志萬歲」這行字。活動結束之後，下一個節目是爲拿破崙歌功頌德的詩詞朗誦時間，以及由阿尖發表關於食品產量增加的最新情報，偶爾，也會鳴槍表示慶祝。

對「自發性精神展示」活動最爲熱中的，非眾羊莫屬。如果聽見有誰在「抱怨」這些活動完全是浪費時間，只不過是毫無意義地呆站在天寒地凍之中（是的，當豬和狗不在附近的時候，少數動物經常會忍不住「碎唸」），羊群總會立刻高呼「四條腿好，兩條腿壞」的口號，以堵住大家的嘴。

然而大致上，動物們對於參加各種典禮儀式都感到十分高興。畢竟，這一切正是他們當家作主的象徵，所有辛勞付出的成果也全是爲了自己，如此一想，便可稍稍彌補心中的苦悶。因此，那些歌唱、遊行、阿尖的長篇大論、慶典上的轟隆槍聲、黑色公雞的高亢啼叫，還有在空中飄揚的旗幟，至少能讓他們暫時忘卻肚子空空的事實。

四月份時，動物農莊宣示成爲共和體制，因此他們勢必選舉出一名總統才行。而唯一的候選人——拿破崙，在大夥一致投票同意下，就任了總統。

當天又有消息發布，說找到了雪球和瓊斯共謀的新事證，並揭露出更多的細節。如今看來，雪球並非動物們之前所想像的，僅止於企圖用計故意輸掉牛棚之役；相反地，他根本就是明目張膽地爲瓊斯的陣營作戰。

事實上，那時就是由他率領人類攻打動物農莊，嘴裡還高喊著「人類萬歲」。至於雪球背部受的傷，即便少數動物仍記得那一幕，但現在也都證明了是爲拿破崙的尖利獠牙所致。

夏天過去一半，已經人間蒸發許多年的烏鴉摩斯，不知從何處冒了出來，忽然回到農莊。摩斯幾乎沒有什麼改變，依舊遊手好閒，用著和過去毫無二致的語氣談論糖果山的事情。他總是待在樹梢上，用力拍打著一雙黑色的翅膀，只要有任何動物願意聽，他便開始滔滔不絕地講個不停。

「在遠方，同志。」摩斯抬起頭，用他那碩大的喙指向天空，嚴肅地說道，「在遠方，就在你視線前方那團烏雲的另一端，有一座糖果山，那是一個幸福的國度，是一個你我這些可憐動物再也不需要辛苦操勞的地方。」

摩斯甚至聲稱自己曾利用某一次高空飛行的機會去了那裡，親眼見識那一望無際的苜蓿田，以及種植在樹籬上的亞麻仁餅乾和方糖。

許多的動物都相信摩斯。他們分析自己當下的生活，只有饑餓與艱困可以形容，而世界上如果存在著一個更好的地方，不也是合情合理的事嗎？

倒是群豬對摩斯的態度顯得難以捉摸。他們語帶不屑地說糖果山的傳聞全是胡說八道，但卻允許摩斯繼續留在農莊裡，並且每天供應他一吉耳①的啤酒。

巴瑟的蹄傷復原之後，更加拚命地賣力工作。確實，在那一整年裡，動物們全都有如奴隸般不停地勞動。除了農莊裡的常態差事與重建風車的各項作業，還要再加上於三月份開始動工的小豬學堂。在餓肚子的情況下超時工作，經常令動物們難以忍受，可是，巴瑟卻不曾因此動搖。

他的言行舉止絲毫未透露出體力不若以往的跡象，只能從外表察覺出些許細微的變化——他的毛皮已不像過去那麼有光澤，腰臀部的肌肉也略顯萎縮。其他動物說：「等到春天牧草盛產時，巴瑟就會逐漸恢復往日的強健體魄了。」但即便春天來到了，巴瑟依舊沒有增肉或長壯。

有時在通往採石場頂端的斜坡上，看著他步履維艱，使盡全身的力氣和巨石搏鬥，幾乎僅剩下意志力支撐他不被大自然的蠻力所吞噬。這一刻，他的嘴型總是好像默唸著「我會更努力地工作」，儘管此時，他已經喘得發不出聲音來了。

柯洛芙和班傑明再次警告他別過度消耗自己的健康，但巴瑟還是沒能聽進去。他的十二歲生日眼看就要到了。他不太在乎會發生什麼事，只希望能趕在退休前，盡量爲建造風車累積足夠的石塊。

夏天的某個傍晚，接近入夜時，農莊突然四處謠傳——巴瑟出事了。他稍早才獨自拉著一車的石塊前去風車工地。而很不幸地，那則謠言並非誤傳。數分鐘之後，兩隻鴿子疾飛來報：「巴瑟倒下了！他躺在地上，爬不起來了！」

農莊裡約莫一半的動物都衝到了小圓丘上的風車工地。無力起身的巴瑟側躺在兩根車轅中間，使勁地伸直頸子，似乎連抬起頭都有困難。他的眼神呆滯，身體兩側全被汗水沾濕，口中還冒出一絲鮮血。柯洛芙走到他的身邊，跪伏下來。

「巴瑟！」她哭著問，「你還好嗎？」

「我的肺不行了，」巴瑟虛弱地回答，「但是沒關係，就算沒有我，你們一樣可以完成風車的工程。我想，目前累積的石塊數量應該相當充裕。無論如何，我本來就只剩下一個月的時間能打拚而已。老實說，我一直很期待自己的退休生活。或許，他們看班傑明的年紀也夠老了，願意讓我們倆一起退休作伴。」

「我們必須立刻請求協助，」柯洛芙說，「快一點，有誰趕緊去通知阿尖，這裡發生嚴重的意外事件了！」

整群動物立即奔向農莊主屋告知阿尖此事。

除了柯洛芙負責看護，班傑明也留在現場，他安靜地臥在巴瑟的身邊，甩動自己的長尾巴幫忙趕蒼蠅。

過了十五分鐘，阿尖終於現身，臉上掛滿不捨與憂慮的表情。他說，拿崙同志得知了農莊裡最忠貞勤奮的夥伴竟遭遇如此厄運，心中十分悲痛，並火速安排送巴瑟前往威靈頓的醫院治療。動物們對此均感到不安。畢竟，迄今只有茉莉和雪球曾經離開農莊，他們可不認爲把自家患病的同志交給人類，會是個好選擇。

可是，阿尖又再度輕易地說服了大家，就巴瑟的病情而言，威靈頓的獸醫比起農莊，更有辦法提供他合宜的照料。半個鐘頭過後，巴瑟的狀況好轉，他勉強站起身來，一路跛行地回到自己的馬廄，柯洛芙和班傑明則已預先在地上爲他舖設了一層蓬鬆舒適的稻草。

之後的兩天，巴瑟一直待在馬廄中休息。豬送來了從主屋浴室藥箱裡找到的一大瓶粉紅色藥丸，由柯洛芙協助他每天兩次飯後服用。夜晚時，她便坐臥著，陪伴巴瑟聊天，一旁的班傑明則默默地替他趕蒼蠅。

巴瑟表示，他對這樣的結果無怨無悔。如果可以順利康復，他想再多活三年，並且盼望能在大牧場的角落安詳地度過餘生，而那將是他這輩子首次有閒暇可進行學習，以及增長心智；他說，他打算把剩餘的時間，都拿來熟背字母表上其餘二十二個尚未克服的字。

不過，班傑明和柯洛芙僅能在工作時間結束後，才能就近看顧巴瑟；而某天中午，巴瑟居然猝不及防地被一輛廂型車載走。

動物們當時受到某隻豬的看管，正忙於蘿蔔田的除草作業，他們驚訝地發現班傑明從農莊棚舍區的方向狂奔而來，音量全開地嘶吼著。那是大家有史以來第一次見到班傑明激動的模樣——沒錯，這也是第一次有動物親眼目擊他的奔馳之姿。

「快來呀，快來呀！」班傑明大叫著，「趕快過來啊，那些人要帶走巴瑟了！」豬還沒下達命令，所有的動物便丟下手邊的工作，以最快速度跑回了棚舍區。

果然，一部由兩匹馬負責牽引、車側印著字的巨大廂型車，正停放在庭院中間。有個頭戴低簷圓頂禮帽、面容狡詐的男人坐在駕駛座上，而巴瑟已經不在馬廄裡。

動物們一起湧向廂型車：「再見，巴瑟！」

大夥齊聲向這匹重病的老馬道別：「再見了，巴瑟！」

「一群笨蛋，一群笨蛋！」班傑明在旁邊急得跳腳，忍不住飆罵，細瘦的蹄子不斷頓足跺地，「眞是一群笨蛋！你們沒看到車上寫了什麼嗎？」

動物們被這一聲大吼吼得全都停下動作，瞬間鴉雀無聲。妙麗這才開始試著拼讀車側上印的那些字。但班傑明立刻推開她，在一片沉寂之中流暢地唸出：「『艾佛列・西蒙斯屠馬場及煮膠廠／威靈頓鎮・皮革與骨粉商・兼營犬舍』——難道你們不明白那是什麼意思嗎？巴瑟，就要被送去牲畜屠宰場了！」

剎那間，動物們驚恐的哀號聲四起。

此時，車上的男人揮鞭策馬前進，廂型車輕快地朝外駛去。所有的動物都跟在後頭高聲哭喊，柯洛芙則奮力衝到最前方，而馬車也逐漸加速。她亟欲驅策四條矮胖的腿馳騁，但實際上速度不過近乎慢跑。

「巴瑟！」柯洛芙不斷地拚命叫喚，「巴瑟！巴瑟！巴瑟！巴瑟！」

或許是聽到外面的騷動吵鬧，巴瑟的臉緩緩出現在車子後方的小窗子中，他鼻梁上醒目的白色長條狀紋路，清晰可見。

「巴瑟！」柯洛芙淒厲地喊道，「巴瑟！出來！趕快出來！他們想要害死你！」

所有的動物跟著大叫「趕快出來！巴瑟！趕快出來」，然而廂型車愈開愈快，很輕易地便拉開了與他們之間的距離。

大夥無法確定，巴瑟是否知道柯洛芙的話代表什麼意思。但是過了數秒鐘，他的臉消失在窗子中，車內隨即傳出巨大的馬蹄踹擊聲——他正試圖踢出一條生路。若是以前，巴瑟隨便三、兩下便可把車子拆成一堆廢柴。唉！可惜，他的氣力早已流逝殆盡；踹擊車廂的聲音僅持續了一會兒就變得微弱，最終，又恢復平靜。

絕望的動物們轉而向拉車的兩匹馬求情，希望他倆把車子停下。「兩位同志！兩位同志！」動物們高喊著，「別將你們的好弟兄拖去送死！」不過，這對愚蠢的畜牲，竟笨得不懂其他動物之所以顯得如此急切所爲何事，還將自己的耳朵往後掠，加快步伐奔跑。

車後的小窗再也沒能看見巴瑟的臉。一切都太遲了。其中有隻動物原本還打算衝刺超前，強行關閉五橫柵大門；然而才一眨眼的時間，廂型車已然穿出大門，飛快地朝馬路的盡頭駛去。巴瑟的身影，從此成爲回憶。

三天後，動物們得知，儘管受到無微不至的醫療照顧，巴瑟仍不幸死於威靈頓的醫院。這項消息是由阿尖出面宣布的，他說自己自始至終一直守候在巴瑟的身邊。

「那是我此生經歷過最催淚的場景！」阿尖一邊說道，一邊抬起他的豬蹄拭淚，「我在病榻前陪伴著巴瑟直到最後一刻。他臨終時幾乎無力言語，但仍氣若游絲地告訴我，自己唯一的遺憾是在風車建造完成之前就死去。他以微弱的聲音這麼表示：『同志們，向前邁進，以造反起義之名向前邁進。動物農莊萬歲！拿破崙同志萬歲！拿破崙永遠是對的！』各位同志，以上這些話便是他的遺言。」

此時阿尖忽然態度一變。先是沉默了一陣，而後睜大著那對小眼睛，用他那充滿懷疑的目光掃視大家，然後才繼續陳述。

阿尖說，關於巴瑟轉送就醫這件事情，他近日聽聞農莊裡流傳著一件腦殘又缺德的八卦。有某些動物注意到，載運巴瑟的那部廂型車上標記著「屠馬場」三個字，便草率地做出結論，認為巴瑟被送到了牲畜屠宰場。

「眞令我難以置信。」阿尖出言訓斥，「怎麼可能會有如此癡呆的動物啊！」他極力地澄清說明，當然，也沒忘記端出他那左蹦右跳、擺動尾巴的招牌動作；更何況，大夥相信，他們敬愛的領袖拿破崙同志肯定會提出一個絕佳解釋。然而理由其實平凡無奇——那部廂型車原本屬於一個牲畜屠宰業者所有，後來賣給這名獸醫，只是車身還來不及重新塗裝；此乃造成誤會的眞正原因。

動物們一聽，無不如釋重負。

阿尖又進一步詳加描述巴瑟所接受的優質治療，以及拿破崙如何自掏腰包、不計成本地為巴瑟購入昂貴藥物等細節。至此，大夥的最後一絲疑慮終於煙消雲散，同志死去所帶來的悲慟，也因為知道他至少走得幸福安詳而稍感緩解。

下一個星期天的早晨，拿破崙親自出席了會議，並簡短致詞，向巴瑟表達敬意。他說，即便如今已不可能將死去同志的遺體帶回農莊安葬，但他已下令用農莊花園中的月桂樹葉做成大型花環，送到巴瑟的墓前安放。近日內，眾豬還計畫舉辦宴會紀念巴瑟。

致詞的最後，拿破崙以巴瑟的兩句座右銘「我會更努力地工作」和「拿破崙同志永遠是對的」來勉勵大家，同時也以此總結道——「這兩句箴言，」他說，「提供在場的各位當成座右銘，將有益無害。」

紀念巴瑟的宴會那天到來時，威靈頓的一家雜貨店以廂型車載來了一只大木箱，並直接送進了農莊主屋。

當天晚上，屋裡持續傳出喧囂高歌，接著是一陣類似劇烈口角的吵鬧。約莫晚間十一點，這場騷動隨著一道玻璃碎裂聲戛然而止。翌日中午之前，主屋絲毫未見任何作息動靜。

此時，動物們之間再度盛傳——原來，豬不知從哪裡得到一筆錢，又替自己買了一箱威士忌。

譯注：

①吉耳（Gill）：液量單位，相當於英制零點一四二公升。

第十章

動物農莊裡的低階動物，無論和縣境裡面任何地方的動物相比，工作的貢獻度皆完勝，食物的需求量卻更少，足堪做為其他農莊的模範！

chapter 10

第10章

許多年過去了，季節更迭，許多壽命較短的動物已歸塵土。除了柯洛芙、班傑明、烏鴉摩斯和那一群豬，沒有其他動物記得造反起義之前的日子是何等光景。

妙麗死了。藍鈴、潔西和賓仔都不在了。瓊斯亦蒙主寵召了——他死於異鄉一個醉鬼朋友的家裡。雪球被遺忘了。巴瑟也消失在大家的記憶中，僅剩下少數幾位曾經一起奮鬥的戰友還記得他。

柯洛芙現在變成一身形臃腫的老肥婆，四肢關節僵硬，經常雙眼模糊流眼油。她已經超過退休年齡兩年了，事實上到目前爲止，尚未有任何動物正式退休。大牧場角落規畫成退休動物之家的方案，早已被束之高閣。

拿破崙如今成爲一隻體重逼近三百四十磅的壯年公豬，阿尖則胖得連眼睛都快睜不開了。唯獨老班傑明沒什麼改變，僅嘴邊的鬍子看起來更灰白了些，以及在巴瑟過世後又更顯沉重的鬱悶和寡言。

幾年下來，儘管成長的速度不如早些年所預期的那麼樂觀，但農莊裡的動物數目依舊增加了不少。對於許多後來才在農莊出生的新成員而言，造反起義，僅僅只是個口耳相傳的遙遠故事罷了；至於其他透過交易而加入農莊的動物，過去這裡的種種事蹟，他們在到來之前根本一無所知。

扣除柯洛芙不算，農莊現在還擁有三匹馬。他們不但正直勤奮，也是優秀的好同志，只可惜都很笨。經過測試，這三匹馬均無法熟記超過「B」以後的字母。任何關於造反起義的始末、動物主義原則的說法，他們無不全盤相信。尤其是從柯洛芙口中說出的話，這三位新同志對她的尊敬，簡直到達孝順的地步；然而，他們究竟聽懂了多少內容，頗值得懷疑。

此時的農莊變得比以往更加繁榮昌盛，營運上也更有組織章法——他們甚至從皮金頓先生手中買下兩塊田地，擴大了生產範圍。

風車①最後總算順利完工，動物們也獲得了自己的脫粒機和草料輸送機，並且得以增建各式各樣的新棚舍。連溫普爾都購置了一部雙輪輕便馬車。不過，風車終究未投入發電的工作，而是被用來磨穀子，還賺進了不少外快。

動物們現在正辛苦地建造另一座風車。據說，新風車大功告成之後，就會安裝發電機。雪球曾經向大家描繪的願景，像是能為每座棚廄提供照明與冷熱水、每週只需要工作三天等美麗情節，再也沒聽見動物們討論；拿破崙則抨擊，那些構想與動物主義的基本精神相抵觸。「眞正的幸福，」他說道，「只存在於賣力的工作和簡樸的生活中。」

不知爲何，表面上看起來，農莊似乎已經變得富有，但動物們的生活卻依然毫無餘裕——當然，豬和狗例外。有一部分原因或許來自豬和狗的員額過多，而且這兩個族群通常只依他們自己的方法進行勞動。

例如，阿尖便對公開釋疑、或農莊裡應接不暇的監督和組織工作，永遠不言倦；畢竟，許多類似這樣的任務，其他動物都因智商太低而無法理解。阿尖還告訴大夥，豬呢，每天必須絞盡腦汁、費盡心神地在名為「檔案」「報告」「摘要」「備忘錄」等神秘的事情上，而這些文件的數量龐大，需要詳細塡寫，完成之後則必須立刻丟進火爐中燒毀；阿尖表示，此乃攸關農莊福利最關鍵的任務。

反正無論如何，自始至終，從來沒有任何一隻豬或狗曾經實際付出勞力，生產食物；偏偏，他們的陣容壯盛，胃口又總是好得不得了。

至於其他動物，就他們所知，生活迄今不曾有什麼改變。饑餓是常態，依舊睡在稻草上，在池邊飲水，在田裡勞動。冬天到了需要忍受寒冷，夏天到了得對抗蒼蠅。

三不五時，有些長老級的動物會努力從他們朦朧的記憶中，回想當初造反起義行動剛成功、瓊斯剛被驅逐的那一陣子，然後試著和現在的處境相比較，試圖釐清究竟孰優孰劣。然而，他們再也想不起來了，可供對照的昔日回憶，如今早已蕩然無存。除了阿尖平日所寫、恆常不變顯示狀況愈來愈好的一堆數字，大夥對過去早已毫無印象可言。

動物們發現，要想釐清這個問題是一件不可能的任務，但無論如何，現在他們也沒有太多時間思考類似的事情。農莊裡，只有老班傑明聲稱記得自己這漫長一生的所有細節，還領悟到周遭的一切，以前不曾、未來也不會變好或變壞。「饑餓、困苦、失望，」他說道，「皆是生命中無可避免的鐵律。」

但動物們並未放棄希望。更正確的說法應該是，他們從來不曾喪失那份身爲動物農莊一員的榮耀與驕傲，連一刻也不曾喪失。他們的農莊依舊是整個郡、也是英格蘭境內唯一一個由動物自享自治的農莊。

這裡的所有動物，無論是稚齡的幼崽，或是從十幾、二十英里外的農莊交易而來的新成員，無不對此感到驚奇讚嘆。當他們聽見槍聲隆隆作響，看見桅杆頂上的綠旗飄揚，心中無不油然升起一股難以磨滅的自豪。而此時，話題往往毫無意外地轉為緬懷往日的英勇時光，講述瓊斯被驅逐、動物們起草七誡的過程，以及那兩場浴血擊退人類入侵的偉大戰役。

他們並未捨棄任何昔日的夢想。大夥依舊相信梅傑老爺最初所預言的——一個屬於動物共和的未來；一個在英格蘭的青翠綠野上，見不到人類足跡的時代。而那一天必將到來，或許短時間內不會發生，或許現在農莊裡的動物有生之年無緣躬逢其盛，但那一天最終還是會降臨，即便〈英格蘭的獸族們〉這首歌的旋律，如今只能在私底下偷偷低哼（誰也不敢大聲唱出來，但至少農莊裡的每一位同伴都確實知道這首歌）。

他們的生活可能過得十分艱難，他們的希望可能無法如願達成，但他們很清楚自己和其他動物的不同。倘若他們饑腸轆轆，不是因為必須餵養暴虐的人類；倘若他們精疲力竭，再怎麼樣也是為了自己。農莊裡沒有動物以兩條腿站立行走，沒有動物稱呼其他同類為「主人」——所有的動物一律平等。

初夏的某一天，阿尖命令羊群隨他前往農莊的另一頭，來到一處長滿樺樹苗的荒地。在阿尖的督導下，羊群吃了一整天的樺樹葉。黃昏時，他告訴羊群，由於天氣還算暖和，要他們留在原地即可，接著他便獨自返回農莊主屋。結果，羊群在荒地一待就是一個星期，這段期間，其他動物完全沒看見他們。阿尖每天都花費許多時間和羊群一起活動。他說，自己正在訓練眾羊唱一首新歌，因此需要一個安靜的空間。

羊群重返農莊之後不久，在某個微涼舒適的傍晚，動物們才剛結束一天的工作，朝著返回農莊棚舍的路上走著，庭院裡，突然傳來一匹馬的可怕嘶鳴。大夥全被嚇得愣住，均呆立在原地不動。那是柯洛芙的聲音。此時，她再次發出慘叫，所有的動物立刻拔腿奔向庭院，他們，也看見了讓柯洛芙驚聲尖叫的事情——有隻豬，正用後腳站立著行走。

沒錯，那是阿尖。他的動作有點怪異，好像還不太習慣以此姿勢支撐他那笨重的軀體；不過，堪稱完美的平衡感，倒讓他能在庭院中恣意閒逛。

過了一會兒，農莊主屋門內走出一整排的豬，他們全都採取直立站姿，以後腳行走。他們之中有些比較熟練，少數幾隻豬則略顯不穩，看起來很需要拿根拐杖幫忙，但是每隻豬最後都成功地繞行庭院一圈。此刻，狗吠聲大作，再加上黑色公雞刺耳的尖鳴，輪到拿破崙隆重登場了。他氣勢雄偉地挺直了身體，以睥睨的眼光傲視著全場，犬隻們則在他身邊欣喜歡躍。拿破崙的豬蹄上，還夾著一條鞭子！

周遭一片啞然無聲。動物們擠成一堆，驚訝和恐懼的情緒交雜，看著庭院中這長長一列的豬以後腳站立，緩慢地踏步行進。世界，彷彿顛倒錯亂了。

當大腦所受的衝擊逐漸消退之後，儘管犬衛隊使他們感到害怕；儘管經年累月下來，無論發生什麼事他們全都習慣容忍，從不抱怨與批評，但此時此刻，全體動物再也不願保持沉默了！

然而就在這個緊張關頭，活像串通好了似的，所有的羊居然瞬間齊聲高呼：「四條腿好，兩條腿更棒！四條腿好，兩條腿更棒！四條腿好，兩條腿更棒！」眾羊連續不斷地重複放送這兩句口號，時間長達五分鐘。等到他們閉嘴的時候，那一整排豬已經收隊走回農莊主屋，其他動物也因此錯失了抗議的機會。

班傑明感覺自己的肩膀被某隻動物的鼻子碰了一下。他轉頭一望，是柯洛芙。她的雙眼暮氣沉沉，看起來比以前更黯淡。柯洛芙什麼話都沒說，只是輕扯班傑明的鬃毛，帶領他走到大穀倉最內側寫有七誡的地方。他倆站在那面以瀝青塗布的牆壁前方，約莫靜立了一兩分鐘之久，良久注視著牆上的白色字體。

「我現在的視力嚴重退化，」柯洛芙終於開口說話，「儘管就算是年輕的時候，我也看不懂上頭的字是什麼意思。可是，最近我隱約發現這面牆似乎有點不太一樣。這七誡，還是和過去一樣嗎，班傑明？」

僅此一次，班傑明同意破例爲柯洛芙唸出牆上所寫的字。如今，那裡幾乎什麼痕跡都沒有殘留，只剩下一條誡規，寫著——

所有的動物一律平等

但是某些動物比其他動物更加平等②

明白此事的意義之後，翌日，當看見眾豬蹄上夾鞭，在農莊裡巡視各項工作的模樣，便無須感到訝異。

發現眾豬添購收音機、準備安裝電話、訂閱《約翰牛》《世界趣聞週刊》《每日鏡報》③等種種行爲，同樣不必懷疑。

就連拿破崙嘴裡叼著菸斗，在農莊主屋的花園裡散步也不稀奇，眞的，一點也不稀奇。

即便眾豬將瓊斯先生的服飾從衣櫃拿出來進行變裝，拿破崙穿上黑色外套搭配獵褲，外加皮革綁腿；而他最愛的母豬，換上瓊斯太太過去經常在星期天穿的一件紋綢洋裝，動物們應該都不至於太過大驚小怪。

一個星期後的某個下午，好幾輛雙輪馬車陸續駛入農莊。那是一個由附近農莊主人所組成的考察團，應邀前來訪問。他們依循導覽，在農莊裡到處參觀，對所見所聞稱讚不已，風車尤其大受好評。當時，動物們正在蘿蔔田裡忙著除草。大夥都賣力地工作著，連頭也不敢抬，實在搞不清楚自己害怕的對象，到底是人還是豬。

當天晚上，從農莊主屋爆出的歡笑聲、高歌聲不絕於耳。忽然，這些混雜的聲音引起了動物們的好奇心——屋子裡，究竟是什麼情形呢？此時此刻，難道代表著動物與人類能首度展開地位對等的互動嗎？於是，所有的動物盡可能地保持安靜，偷偷潛進了主屋花園。

在花園門口處，某些動物因心存顧忌而停下了腳步，但柯洛芙仍果決地率先進入。他們輕聲躡足地靠近屋子，個頭夠高的動物便直接透過餐廳窗戶往內瞧，只見——

六位農莊主人與六隻層級較高的豬，圍著長桌坐成一圈，桌子正前方的主位則屬於拿破崙。眾豬坐在椅子上，看起來十分自在的樣子。這一屋子的主客剛剛才盡興地玩了牌，現在則是中場休息時間；顯然，他們打算先暢飲一輪再繼續。有個大瓶子被傳過去又遞回來，每個啤酒杯都被斟滿了。誰也沒注意到，外面有一堆動物的臉正盯著他們猛瞧。

狐木農莊的皮金頓先生手拿酒杯，起身提議道，等會兒，他想邀請在座的各位乾杯。不過飲酒之前，有幾句話，他認為自己義不容辭地必須先行說明。

皮金頓表示，他非常高興，也相信現場所有的來賓都會同意，長期以來與動物農莊之間的猜疑與誤解，終於可以煥然冰釋。相信在過去的這段時間裡，無論是他自己或在座的各位，都不曾有過此時此刻的感受。

然而也有一段時間，動物農莊可敬的經營者，造成了周圍人類鄰居某種程度上的「疑慮」（他寧可說是疑慮，而非「敵意」）。不幸的事件發生過，偏差的觀念亦流行過。身邊存在著一個由豬掌管營運的農莊，難免令人覺得異常，也容易煽動附近的地區引起連鎖效應。

大多數的農莊主人未能善加查證，便隨意推斷這種由動物自理的地方，肯定充斥著放縱與違法亂紀的精神。他們擔憂自家農莊裡的動物，甚至是員工都會受到不良的影響。但是，這一切疑慮如今全都消失了。

他和朋友們今天登門拜訪動物農莊，親眼審視這裡的每一吋空間，結果發現了什麼？他們不但看見最進步的作業流程，而且注重紀律，條理分明，足以做爲其他各地農莊的模範。他敢斷言，這座農莊裡的低階動物，無論和縣境裡面任何地方的動物相比，工作的貢獻度皆完勝，食物的需求量卻更少。確實，他們一行人今天見識到了不少特殊的創舉，並計畫著要立刻導入自己的農莊。

皮金頓繼續說道，他想藉著再次強調「動物農莊和周遭的鄰居之間，擁有既存且必要的友好關係」，以做爲剛才評論的總結。人類和豬之間本來就沒有、未來也不需要有任何利益衝突。他們面臨著相同的麻煩和困難——勞工問題，無論走到哪裡都是一樣的。

此時，皮金頓先生好像準備跟大家分享一句他仔細斟酌過的俏皮話，可是自覺太過戲謔逗趣，反而一下子說不出來。他強忍住笑意，憋得下巴發紫，在極力克制之下，終於開了口：「平心而論，我們的下流階級，也不見得比你們的低等動物好對付！④」這句絕妙好言，獲得了在座所有主客的滿堂彩。

緊接著，皮金頓先生又再次就他從動物農莊觀察到的低配給、長工時、限縮福利等政策，向眾豬表達讚揚與慶賀。最後，他邀請現場全體夥伴起立，並提醒大家斟滿酒杯。「各位先生，」皮金頓總結道，「各位先生，請容我向你們舉杯致意——願動物農莊永遠興旺繁盛！」

隨後便是一陣熱烈的歡呼聲與跺腳聲。拿破崙滿心狂喜地走下自己的座位，繞到皮金頓先生面前和他舉杯相碰之後，隨即將手上的啤酒一飲而盡。過了不久，喧鬧平靜下來，拿破崙依然站立著，表示自己也有幾句話想說。

就像拿破崙一貫的演說風格，此次的發言簡短扼要。

他說，自己同樣樂見，雙方過往相互誤會的時代可以畫下句點。過去曾有很長的一段時間謠傳（但他有理由相信，是某些惡毒的敵人在暗中推波助瀾），他和身邊的同僚抱持顚覆性、甚至革命性的觀念，他們被冠上試圖誘使鄰近農莊動物造反的罪名。

然而，事實絕非如此！從過去到現在，他們唯一的願望便是與周圍的鄰居和平共處，並且維持正常的商業往來。拿破崙還補充道，他很榮幸自己所管控的農莊是一個協作營運的企業，而他所保管的土地契約乃屬於眾豬所共有。

他表示，自己並不認爲，人豬之間的往日猜忌會一直陰魂不散。而近來農莊在常規方面進行了幾項特定的變革，或許可以更加堅定大家的信心。像是，動物農莊裡的動物至今仍保有一種相當愚蠢的習慣，也就是——互稱對方爲「同志」，這個行爲以後必須禁止。

另一項奇怪的舉動是，每個星期天早上，動物們總會列隊經過釘在花園木桿上的那顆公豬顱骨，朝它致意，起因不詳；這項行爲日後同樣必須禁止，至於那顆頭顱，不久前，已被埋進了地底下。

拿破崙的人類訪客們可能也瞧見了旗杆上隨風翻飛的綠旗。若然如此，那他們應該也注意到，原本用白漆所畫的蹄和角現在沒了。往後，那將是一面全綠的旗子。

拿破崙說，對於皮金頓先生精彩而敦睦的演講，他只想更正其中的一點。皮金頓先生始終稱呼他們爲「動物農莊」，然而這名字已遭廢除。當然，皮金頓先生早前絕無可能知道，因爲，這是他拿破崙頭一次如此公開宣示──從現在開始，農莊的名字將改爲「梅諾農莊」，他相信，那才是一個既正確又正統的名字。

「各位先生，」接著，皮金頓再次結語道，「請容我和剛才一樣向你們舉杯致意，可是這回的內容略有不同，請盛滿你們的酒杯。各位先生，我要祝賀的是──願梅諾農莊永遠興旺繁盛！」

此時又是一陣熱烈的歡呼，眾人群豬的酒杯也紛紛見底。

窗外的動物注視著這一幕，發現，某種詭異的現象正逐漸擴散開來──眾豬的臉，怎麼好像發生了奇怪的變化？柯洛芙朦朧的雙眼逐一掠過每一張臉。

他們之中，有些長出了五個下巴，或四個下巴，或三個下巴。但似乎又有什麼正在融化扭曲著？緊接著，當掌聲告一段落，屋子裡的一幫主客各自拿起了紙牌，繼續稍早中斷的牌局，動物們則安靜地偷偷離開。

但動物們才走不到二十碼的距離，便聽見主屋中傳出了火爆的喧囂聲，因而停下腳步，又趕緊跑回去，再度藉著窗戶往內窺看。

果然，屋裡正上演著一場激烈的爭吵。一方高聲叫罵，另一方便猛力捶桌；一方尖銳質疑，另一方則嚴厲否認。導火線似乎是──拿破崙和皮金頓，同時打出了一張「黑桃Ａ」。十二個憤怒的聲音混在一塊兒，竟然如此相似！

毫無疑問地，現在，眾豬的臉上有了明顯的變化。

農莊主屋外的一票動物，大夥的視線──先是從豬移到人，再從人移到豬，最後又從豬移回人的身上；然而，已經分辨不清誰是誰了。

譯注：

①風車（Windmill）：歐威爾將風車視為俄國工業的一種象徵。本小說中，風車在最終完成之前多次受到摧毀，這代表俄國的共產主義分子，經歷了重重困難，終於建立起他們的軍火製造工業。

②「所有的動物一律平等，但是某些動物比其他動物更加平等」：這段文字是眾豬玩弄邏輯與文字的最佳示範。為了掌控其底下所管制的動物，眾豬將七誡極致簡化成這兩句聽起來似是而非、實際上語意不通的文字。儘管第一句明確表達了所有的動物一律平等，但是第二句卻又狡詐地將「平等」這個詞當作相對性、而非絕對性的詞語，加以解釋。意思就是，「平等」這個概念，本身還可以再細分為程度各異的平等，就像形容色彩的鮮豔程度一樣，例如，甲比乙鮮豔。而一旦產生此一錯誤認知，即便說出甲比乙平等這種語句，也就不覺得奇怪了。

③《約翰牛》（John Bull）：十九至二十世紀發行的一份英國期刊。《世界趣聞週刊》（Tit Bits）：十九至二十世紀發行的一份英國週刊。《每日鏡報》（Daily Mirror）：二十世紀時的一份英國每日新聞畫報。

④「我們的下流階級，也不見得比你們的低等動物好對付！」：這幾句嘲諷的話，是隔壁的狐木農莊主人皮金頓先生，在動物農莊主屋的餐宴上對拿破崙所說。梅傑老爺曾表示，動物與人類雙方的陣營存在著絕對的利益衝突，但如今的衝突顯然改存於上層和下層兩個階級之間；人和豬，甚至跨越了物種的限制，站在同一陣線上！

作者的話

「一個意見無論如何刺耳，甚至傻笨，是否都值得被聽見？」在英國，自由主義者害怕自由，知識分子欲使智慧蒙塵。而我之所以寫這篇序，便是想引起大家的注意。

（編按：本文乃喬治・歐威爾因不滿此書遭拒出版而寫就的不平之鳴。儘管此書最終仍得以在英國出版，當時卻未能收錄此篇精彩序言，故特別進行翻譯，以完整顯出作者寫作當年的心境。）

論出版自由

喬治・歐威爾

第一次產生寫作本書的念頭，心裡開始構思主題框架是在一九三七年，不過，我直到一九四三年年底才有機會下筆。寫完之後，這樣一本書的出版顯然遭遇了極大的困難（儘管現時市場上，出版品極爲欠缺，只要稱得上是書的東西都會暢銷）；果不其然，在此時空背景條件之下，本書被四家出版社拒絕了——其中僅一家有意識形態上的原因，兩家乃長期出版反俄國的書籍，另一家則無明顯的政治色彩。某出版社起初接受本書，簽下草約後，又諮詢了國家主管機關新聞部的意見，而後想必是被警告，或被相當程度地強烈勸說不要出版本書。以下摘錄該出版社所回覆的信件內容——

我稍早提過新聞部一位高層長官對出版《動物農莊》這件事情的反應。我必須坦承，陳述這項意見讓我嚴肅地考慮了許久……我現在明白，此時此刻出版本書可能會被認為是十分魯莽的決定。如果書中的寓言是採取針對獨裁者和獨裁政權的廣泛描寫，那麼加以出版便不成問題。然而就我目前所知，本書內容乃完全依循俄國與其兩名獨裁者的進程，而唯一符合現況的就只有俄國，而非任何其他獨裁政權。

還有另一件事，假如寓言中的統治階級不要用「豬」來扮演，會比較禮貌一些（針對此點，本文作者，喬治歐威爾我，不太確定這樣的修飾建議是這位先生自己的想法，還是來自新聞部的意見；不過，看來此事確實受到官方的特別關照）。我認為挑選「豬」當支配者，毫無疑問將得罪許多人，尤其是那些生性敏感的人，而俄國人就是最好的例子。

這種徵狀絕非好事，理由非常明顯，那就是——政府單位以公權力對非官方贊助的書籍進行審查，是不可取的作法（除非是安全方面的審查，而這在戰爭時期沒有人會反對）。但目前思想與言論自由的主要威脅，卻並非來自新聞部或任何官方團體的直接干涉。

在出版商和編輯群的自行運作之下，倘若避開印製某些特定主題的作品，顯見他們所畏懼的是輿論壓力，而非法律訴訟。這個國家知識分子的懦弱，才是寫作者或新聞工作者所面臨最可怕的敵人；同時，我也認爲這個問題從未獲得應有的重視與討論。

所有內心正直、擁有新聞從業經歷的人都會承認，在此次戰爭期間，政府的審查程序並不特別令人反感。即便此合理預期始終存在，我們也從不曾屈服於這種極權主義式的「協調」。媒體界難免有一些可正當抱怨的理由，但大致上，政府表現得很良好，面對少數意見亦展現了高度的包容力。

有關英國境內的文字審查，其眞正邪惡之處在於——絕大多數是自願配合。不需官方法規禁止，不受歡迎的想法自會遭到封殺，招惹麻煩的事實會被施壓隱埋。任何在海外其他國家待過一段時間的人都知道不少這樣的例子，那些依照他們自己價值判斷值得放上頭版的許多精彩新聞，無不被英國的媒體所排除，原因並非政府介入干預，而是在普遍的潛規則制約之下，「沒有人願意」觸碰該項議題。

以每天的報紙來說，這其實不難理解。英國的媒體屬於極端的中央管控，大部分新聞媒體的老闆都是超級富豪，他們處理某些重要議題的時候絕對有動機刻意偏頗不公；而同樣的隱性審查，也存在於書籍、期刊、戲劇、電影，以及廣播之中。

無論在任何特定的時刻都有一種正統的信仰，這個思想體系假設，所有觀念正確的人皆傾向於毫無疑慮地接受。儘管它並未明確禁止討論這些、那些，或某些其他範疇的主題，而逕自認定相關的討論「不恰當」，就像在維多利亞時代中期，男性在女士面前提及長褲是不恰當的表現那樣。

因而無論是誰，挑戰主流正統的結果，便是發現自己的意見被以超乎尋常的效率封殺。無論是大眾化的媒體或知識性的期刊皆然，只要是誠實、不媚俗的主張，幾乎都得不到公平的表達機會。

而在這個當下，主流正統的要求是什麼呢，那就是——迎合俄國方面的標準。每個人都知道這件事，而且幾乎每個人都這麼做。任何針對俄國政權的嚴肅批判，任何揭發了俄國官方所亟欲隱藏的事實，幾乎等於不宜刊印。說來有趣，這項全國上下齊一心志奉承我方盟友的計畫，居然發生在眞正的知識分子不敢吭聲的背景之下。

但即便不被允許批評俄國政府，卻至少有合理的空間可以批評自己的政府。無論是印在書上還是期刊上，沒有人敢付印攻訐史達林的文字，但對象若換成邱吉爾則毫無問題。

經過這五年的戰爭，其中的二到三年，我們爲了自己國家的存亡而戰，無數主張妥協和平的書本、小冊子和文章，均在未經干涉的情況下得以出版。不僅如此，它們的出版甚至未曾激起太多的反對；只要無涉蘇維埃社會主義共和國聯邦（以下簡稱「蘇聯」）的威信，言論自由的原則便會受到相當合理的支持。接下來，我很快會提到其他某些禁忌的主題，然而對於蘇聯的普遍心態，乃是這當中最嚴重的病狀。從過去到現在，它一直受到自發性的驅使，而不是由任何利益集團的運作所造成。

至於俄國自一九四一年以來的宣傳行動，英國絕大多數知識分子對此所展現出的高度呑忍與附和，若非早前時期他們也曾多次出現類似舉動，其實還頗令人驚訝的。

在每一項具爭議的問題上，俄國的觀點居然未經檢驗就被接受，並在完全無視於歷史眞相與道德常識的情況下加以公開。例如，英國廣播公司（BBC）製播頌揚紅軍二十五週年的節目，卻隻字未提托洛斯基（Leon Trotsky）這位建立紅軍的人。這就好像論及十九世紀初的特拉法加海戰，卻漏掉主帥納爾遜中將一樣離譜；但，英國的知識分子居然連一點抗議的聲音也沒有。

許多國家的內部通常會陷入多方的割據角力，但英國的媒體卻幾乎一面倒地力挺俄國所支持的派系，並誹謗敵對的派系，有時爲達目的甚至會查禁具體的證據。其中一個尤其明顯的案例，是發生在南斯拉夫祖國軍領袖米哈伊洛維奇將軍的身上——俄國利用自己的黨羽，也就是南斯拉夫民族解放軍的狄托元帥，指控米哈伊洛維奇與德軍勾結。這項指控立刻被英國媒體採用，米哈伊洛維奇的支持者毫無回應的機會，而事情的矛盾之處也不曾被報導刊印。一九四三年七月，德國懸賞十萬馬克欲捉拿狄托，也提供了同樣的賞金捉拿米哈伊洛維奇。英國的諸多媒體「大肆渲染」對狄托的懸賞，卻僅有一家報紙刊印出對米哈伊洛維奇的懸賞獎金（而且字體極小），讓人以爲他與德國勾結的罪名確鑿依舊。

極爲類似的事件亦發生於西班牙內戰。那時，俄國決定消滅共和政府軍的相關派系，英國左翼媒體便不顧一切地加以抹黑，所有的聲明反駁（即便是以信件形式）都被拒絕刊登。

而今眼下，不僅嚴詞批判蘇聯的行爲將遭到譴責，在某些情況下，甚至就連這種批判意見的存在也遭到刻意隱瞞。像是托洛斯基死前不久寫了一部史達林的傳記，任何人都可能假設那是一本帶有偏見的書，但顯然它會很暢銷。美國的一家出版社準備出版此傳記，書也已經送印（我相信審查用的副本也寄出了），但就在當時，蘇聯正式參戰了，該書於是馬上被撤下。儘管這樣一本書的存在，以及它所受到的打壓，無一不是值得報導的新聞素材，但在英國的媒體上，連任何一個相關評論的字眼都看不到。

英國文藝知識分子自願配合審查，以及如何受到利益團體施壓所進行的審查，有關這方面的辨別，極爲重要。

眾所皆知，某些涉及「既得利益者」的議題不可觸碰，最有名的例子就是專利藥品的詐欺案。同樣地，天主教會對媒體亦有一定的影響力，可以將批評自己的意見施以某種程度的消音——這便是爲什麼，有關天主教神父的醜聞幾乎從來不曾公諸於世，而聖公會的牧師若遇上麻煩（例如史迪奇教區長事件the Rector of Stiffkey）必定是頭條新聞。任何帶有反天主教會傾向的情節，絕少出現在舞臺上或電影中；隨便一位演員都會告訴你，只要是攻擊或取笑天主教會的戲劇、電影很容易在媒體上遭到杯葛，最後也許導致票房失利。然而，這類事情基本上無害，至少是可以理解的——大型機構組織往往會盡可能維護自己的利益，而且公開傳道也不是什麼特別需要加以反對的行爲。

相較於期待《天主教先驅報》（the Catholic Herald）有可能公然指責教宗，我們對於《勞工日報》（the Daily Worker）是否會公開宣傳對蘇聯不利的實情，就更加不抱希望了——因爲每個懂得思考的人，都知道這兩家報紙所持的立場是什麼。

讓人擔心的是，蘇聯和它的政策，絕不容許出現理性的批評；甚至在很多情況下，就連並未直接承受壓力而可自行表述的自由作家與記者，其所表達的看法即便誠實坦率，也不被接受。史達林是神聖的，他所提政策中的某些面向是不能仔細討論的；這項規定打從一九四一年開始幾乎成了舉世皆知的通則，可是早在那之前的十年間，它便一直如此運作著，某些時候，影響所及要比想像中更深廣。

那段時間裡，英國左派勢力對蘇聯政權的批評，微弱得幾乎聽不見。當時，市場上有大量的反俄文學，卻幾乎偏向保守、虛僞，而且觀點過時、動機卑劣。另一方面，同樣大量、同樣虛僞的挺俄文宣也不遑多讓。任何嘗試以成熟態度針對重要問題進行討論的人，便會遭到杯葛抵制。沒錯，你可以出版反俄書籍，但倘若眞這麼做，則會被所有近乎自以爲是的媒體忽略、扭曲。無論在檯面上或私底下，你將被警告——這麼做「並不妥當」；你說的也許正確，但是「時機不對」，甚至可能落入某些反動分子「設下的圈套」。此態度常使出的辯護手段便是搬出國際局勢，以及英俄結盟的急迫性做爲擋箭牌；但，這個說法很明顯是把問題合理化。

英國絕大多數的知識分子，已經發展出一種對蘇聯的國家忠誠，在他們的心裡，質疑史達林的英明睿智乃是一種褻瀆行爲。發生在俄國的事和發生在世界上其他地方的事，所受到的檢驗，標準顯然不同。一輩子反對死刑的人，卻對一九三六年至一九三八年間的無止盡極刑淨化行動表示贊成，而宣傳印度的糧災和隱匿烏克蘭的饑荒也同樣被視爲合理。如果說，戰前的情況就是如此，那麼此刻知識階層的氛圍肯定沒有改善多少。

現在回過頭來談論我這本書。

英國知識階層對它的反應相當簡單——「這本書不應該被出版」。不用想也知道，那些熟知抹黑技巧的評論家不會從政治角度批判它，而是在文學範疇中加以抨擊。他們一定會說此書太過枯燥愚蠢，只是丟人現眼、徒然浪費紙張罷了。

這個看法可能正確，但絕對不是眞正的原因。任何人都不會說，一本書之所以「不應該被出版」，僅僅因爲它是一本不好的書。畢竟，每天都有成千上萬的垃圾被印刷出來也沒有人介意。

英國絕大多數的知識分子，因這本書詆毀他們的領袖，並認定它損害進步的發展而持反對立場。但假若此書的立場是相反的，那麼即便它在文學上的錯誤比現在還多上十倍，他們也不會說些什麼——從左派讀書會在近四、五年間受歡迎的程度，便可看出只要內容符合他們的期望，這些人有多麼能夠容忍粗俗草率的寫作。

此處涉及了一個十分簡單的問題——「無論任何一個意見如何刺耳，甚至無論如何傻笨，是否都值得被聽見？」從這個角度來問，幾乎英國知識階層的每個人都自覺應該回答「是」。但若換成具體的形式，再問一次——「是否可以批判一下史達林？這種評論是否值得被聽見？」則答案通常爲「否」。在這種情況之下，當今的正統思想遭到挑戰，言論自由的原則便失效了。

現在，即便有任何人要求言論與媒體的自由權，那也並非百分之百的自由權。只要組織化的社會容忍此一狀況，審查機制便永遠存在，或者至少會有一定程度的審查。然而自由，就像德國的社會主義學者羅莎・盧森堡（Rosa Luxembourg）所言「自由，永遠只是意見不同者的自由」，而法國哲學家伏爾泰（Voltaire）的名言「我不認同你的觀點，但我誓死捍衛你說話的權利」亦表達了同樣的原則。

如果說在西方文明中，「知識自由」這項顯然最重要無疑的精神指標代表了任何意義，那麼便代表——只要不採取對社會上其他人造成傷害的方式，每個人都有權利發表、出版自己認爲正確的事物。資本主義下的民主政治與西方國家版本的社會主義，最近已將這個原則視爲理所當然。

如同我先前所指出，我們的政府對此也展現了某些層次的尊重。大街上的一般民眾仍模糊抱持著「我以爲每個人都有權保有自己意見」這樣的想法（其中一部分原因，或許是因爲他們對不容異議的觀念沒有太大興趣），反倒是文學界和科學界的知識分子，也就是原本最該捍衛言論自由的這群人，卻開始踐踏這個原則，而且無論在理論面或實際面都一個樣。

我們的時代存在著一個奇特的現象，那就是變節的自由主義。除了熟悉的馬克思主義者宣稱「資產階級的自由」只不過是幻覺，當今還有一個普遍的傾向，也就是主張——唯有透過極權主義手段，才能保衛民主。依據這個論點，倘若一個人熱愛民主，就得施展出各種方法以擊碎敵人。那麼，誰是民主的敵人？看來，不僅僅是那些直接、有意識攻擊民主的人，還有其他那些藉由散播「客觀的」錯誤教義而危害了民主的人。換句話說，保衛民主，也包括摧毀思想的獨立性。

此一論點，正好可以拿來爲俄國的淨化行動辯護。就連最狂熱的親俄人士也很難相信，所有受害者遭到的指控都確實有罪。然而，由於他們的異見「客觀的」傷害了政權，因此不僅是屠殺他們，就連以虛假的指控破壞其名譽也是正確的。

同樣的論點亦可拿來合理化左派媒體在西班牙內戰中，針對托洛斯基分子與共和政府軍少數派蓄意編造的謊言；甚至在摩斯利（Oswald Mosley）於一九四三年遭釋放時，又再度被拿來當作反對人身保護令的理由。這些人不懂的是，如果你鼓勵極權主義的手段，難保有一天它會被用來對付你而不是協助你。養成不經審判就把一名法西斯主義者打入大牢的習慣，將來這個程序或許不限於適用在法西斯主義者身上。

在《勞工日報》遭查禁、並重新恢復營運後不久，我曾前往倫敦南部爲工人學院運動發表演說。聽眾們全都是藍領工人與中下階層知識分子，大致上和過去左派讀書會的聽眾是同一類成員。我在演說中提到了媒體自由，到最後，令我感到十分驚訝的是，有好幾位聽眾站起來問我，是否認爲解除對《勞工日報》的禁令是正確的？當我問他們爲何這麼想的時候，他們的回答是，這份報紙充滿對忠誠的質疑，而這在戰爭時期是無法被容許的。我發現，自己居然不只一次爲《勞工日報》這家苦心孤詣誹謗我的媒體，進行辯護！

不過，那些人究竟從何處得知這種「在本質上支持極權主義」的見解，事情其實相當清楚——他們是從自己內部那些共產主義分子身上學來的！容忍與尊重這兩項美德在英國根深蒂固，但它們並非堅不可摧，而且必須有意識地用心照料才能存活。宣揚極權主義教條的結果，等於弱化了自由人辨識有無危險的天性。

摩斯利事件即顯示出了這一點。在一九四〇年，拘留摩斯利的動作是完全正確的，無論他是否犯下任何法律上的罪刑；畢竟，當我們爲了國家生存而奮戰時，絕不容許某個潛在的賣國賊逍遙法外。但在一九四三年未經審判便監禁他，則是一項粗暴的行徑。一般社會大眾看不出這是個惡性徵兆，儘管事實上反對釋放摩斯利而引發的騷動，有一部分是人爲操作，另一部分則是某些不滿情緒的合理化出口。然而，當下又有多少朝法西斯方向靠攏的想法，實乃源於過去這十年的「反法西斯主義」，以及伴隨其後的任性妄爲？

當前的俄國狂熱，不過是西方自由主義傳統普遍弱化的一種症狀；認清這一點，極爲重要。即便在新聞部介入之下明確否決了這本書的出版，廣大的英國知識分子階層也不見得會有什麼不安的反應。

對於蘇聯的絕對忠誠，恰好是當下的正統思想，只要涉及蘇聯的利益，他們不但願意容忍審查，甚至連刻意僞造歷史也能接受。例如，《震撼世界的十天》（Ten Days that Shook the World）作者約翰・里德（John Reed）過世後，這部描寫俄國革命初期的紀實名著，版權落入了英國共產黨的手中；我相信，是里德決定遺贈給他們。數年之後，英國共產黨卻竭盡所能銷毀此書的最初版本，再重新發行另一個版本，並斷章取義刪掉有關托洛斯基的內容，還省略了列寧所寫的序言。

倘若英國仍存在著激進派的知識分子，這種僞造行爲無疑會被揭發，並在國內各大文藝報紙上遭到譴責；可是，當時連一點抗議也沒有。顯然對英國的許多知識分子而言，那似乎是一種頗爲合理的表達方式。無論是容忍如此赤裸的不誠實，還是容忍不誠實的態度本身，其所代表的意義都不只是崇俄思想此刻恰巧蔚爲顯學如此而已，而這股風潮顯然不可能一直延續下去。

在我看來，當《動物農莊》這本書得以出版的時候，我對俄國政權的看法或許會成爲被普遍接受的觀點。不過，它又有什麼作用？原來的正統思想被另一個思想所取代並不必然等於進步。人云亦云的留聲機式心態才是敵人，至於機器上正在播放的唱片是否被認同則無所謂。

那些宣稱思想與言論自由不存在、或者不應存在的論點，我全都知之甚詳。我的回答很簡單，他們無法說服我，更何況在此四百年間，我們的文明皆建立在和他們相反的觀念之上。過去這十年來，我一直相信現存的俄國政權基本上是個邪惡的組織，而且我主張自己有權這麼說——儘管實際上，我們和蘇聯，在一場我也希望能獲勝的戰爭中，同屬一個陣線。

倘若要我挑選一句話爲自己辯解，我應該會選擇米爾頓（John Milton）寫的這句詩——「憑藉已知的古代自由法則」。「古代」這個字眼強調了一項事實，即知識自由是一個根深蒂固的傳統，若少了它，我們獨特的西方文明是否還能存在，實值得懷疑。如今，我們的許多知識分子明顯背棄了這個傳統，他們接受了一項原則，同意書籍必須根據政治上的權宜考量而非其本身的價值，來決定是否該出版或查禁，該讚揚或責難。其他人縱有不同的看法，也只能孬種地贊成。

其中一個例子就是——眾多勇於直言的英國和平主義者，全都不敢表態呼籲抵制此間崇拜俄國軍國主義的現象。按照這些和平主義者的理論，所有的暴力行爲都是邪惡的，他們要求在戰爭中的每個階段進行讓步，或者至少達成某些妥協式的和平。但，他們之中又有多少人曾想過，紅軍所發動的戰爭，本身就是邪惡的？當然，俄國人有權爲自己辯護，但倘若我們也跟著同流合污則是罪孽深重。唯有一個說法可以解釋這種矛盾，那就是——這些人心中有一股懦弱的期望，想討好那一大群把愛國情操奉獻給蘇聯、而非英國的知識分子。

我知道英國的知識分子絕對有充分的理由說明自己的膽小與不誠實，眞的，我由衷了解他們爲自己辯解的那些論調。但，至少讓我們停止談論這些有關「維護自由，免於受法西斯主義侵害」的廢話吧。

如果說自由代表著什麼意義，我認爲它代表了一種權利，可以向任何對象表達他們不想聽的話。一般民眾甚且隱約贊成、並奉行這些教義，但在我們的國家，卻是自由主義者害怕自由，知識分子欲使智慧蒙塵（並非世界上所有的國家皆如此，過去的法國不是如此，現在的美國也不是如此；時爲一九四五年）。而我之所以寫這篇序，便是想引起大家的注意。

國家圖書館出版品預行編目資料

動物農莊／喬治・歐威爾（George Orwell）著；李宗遠譯．
──初版──臺中市：好讀，2014.03

冊；　公分，──（典藏經典；59）
譯自：Animal Farm
ISBN 978-986-178-313-0（平裝）

873.57　　　　　　　　　　　　　　　102027608

好讀出版

典藏經典 59

動物農莊

作　　者／喬治・歐威爾 George Orwell
譯　　者／李宗遠
總 編 輯／鄧茵茵
文字編輯／簡伊婕
美術編輯／廖勁智
發 行 所／好讀出版有限公司
台中市 407 西屯區工業 30 路 1 號
台中市 407 西屯區大有街 13 號（編輯部）
TEL:04-23157795 FAX:04-23144188 http://howdo.morningstar.com.tw
（如對本書編輯或內容有意見，請來電或上網告訴我們）
法律顧問　陳思成律師

線上讀者回函
獲得好讀資訊

讀者服務專線／ TEL：02-23672044 / 04-23595819#212
讀者傳眞專線／ FAX：02-23635741 / 04-23595493
讀者專用信箱／ E-mail：service@morningstar.com.tw
網路書店／ http : //www.morningstar.com.tw
郵政劃撥／ 15060393（知己圖書股份有限公司）
印刷／上好印刷股份有限公司
如有破損或裝訂錯誤，請寄回知己圖書更換

初　　版／西元 2014 年 3 月 1 日
初版十刷／西元 2023 年 9 月 25 日
定價／199 元

Published by How-Do Publishing Co., Ltd.
2023 Printed in Taiwan

ISBN 978-986-178-313-0